FORMAS NÔMADES —
ARTE, POLÍTICA E CRÍTICA HOJE

MARGEM DA PALAVRA
SELO DA EDITORA URUTAU
Rua Maestro Demétrio Kipman, 210,
Jardim América, Bragança Paulista — SP,
12902-130, Brasil

Avenida Peirao Besada, 6, 2D,
Poio (Pontevedra)
36163
Espanha

Tel. [55 11] 94859 2426
[34] 644951354

contato@margemdapalavra.com.br
www.margemdapalavra.com.br

Dados Internacionais de Catalogação na Publicação (CIP)
— Vagner Rodolfo da Silva, CRB-8/9410

Zacca, Rafael
Z13f Formas nômades – arte, política e crítica hoje / Rafael Zacca. — Bragança Paulista: Margem da Palavra, 2021. — 212 p.; 15,5x21 cm.

ISBN: 978-65-87814-08-7

1. Literatura brasileira. 2. Crítica. I. Título.

CDD 869.8992
CDU 821.134.3(81)

Índice para catálogo sistemático:
1. Literatura brasileira 869.8992
2. Literatura brasileira 821.134.3(81)

FORMAS NÔMADES —
ARTE, POLÍTICA E CRÍTICA HOJE

RAFAEL ZACCA

MARGEM DA PALAVRA
2021

edição | Debora Ribeiro Rendelli e Wladimir Vaz
coordenação editorial | Tiago Fabris Rendelli
preparação de texto e revisão | Juliana Palermo
diagramação | Victor Prado
capa | Wladimir Vaz

SUMÁRIO

PREFÁCIO

FORMAS SÃO FORÇAS

Carta para Jessica Di Chiara

Querida amiga,

te entrego hoje este livrinho, a que dou o título de *Formas nômades*. O nome não te soará estranho. Você o defendeu, entre as opções que levantei, quando te contei que reuniria estes textos. Batismos são coisas complicadas. O embate entre o infinito dos nomes possíveis e nenhum, do qual deve resultar alguma coisa, algum nome. Mas não vim falar disso, nem da escolha difícil do título. Quero tentar desdobrar (pra você, pra mim) o que significa agora esse nome. Apesar de ter nascido do texto que praticamente encerra o livro, cujo título é "Formas nômades no fim de um mundo: situação da poesia na breve década de 2010", a expressão se autonomizou. Ele agora quer dizer outra coisa.

Você deve se lembrar de como *Nômades*, a peça do Patrick Pessoa e do Marcio Abreu, me pegou de jeito. Na ocasião escrevi uma carta para o Patrick — com quem aprendemos, você e eu, a arte da crítica como arte da imanência, e a arte da imanência como a arte do desejo — na qual eu tinha ficado em choque com o brilho que ganhavam as atrizes (Andréa Beltrão, Malu Galli e Mariana Lima) quando pareciam, naquela montagem, despedir-se de si mesmas, ver a si mesmas pela última vez. Disse para o Patrick que era isso o que entendia por nômade na peça. Argumentava que, no nomadismo, a terra era sempre vista pela primeira e pela última vez. Chegada e despedida coincidiriam nessa forma de existência.

Como a maior parte das críticas que aqui estão se dirigem a formas poéticas, alguém poderia pensar, talvez, que a ideia de forma *nômade* se contrapõe à de forma *fixa*. Não. Quando falamos em forma fixa, em se tratando de poesia, geralmente nos referimos aos sistemas de regularidade do verso, às convenções do metro, aos esquemas de elaboração vocal, verbal e visual que tendem a criar certas homologias imediatamente perceptíveis, no som ou na visualidade, na palavra, na estrutura ou na mancha gráfica.

Bem, não é isso que eu chamo de forma. Interessa-me considerar a forma, você já sabe, com Walter Benjamin, para quem as obras possuíam uma espécie de "forma interna" [*innere Form*] que instauravam um "mundo" específico, uma "esfera intuitiva-intelectual" singular — o que impediria a arte de ser franqueada *imediatamente* por nossa percepção. O que, a meu ver, não significa que os sentidos são um obstáculo para a arte. Ela não deve ser contemplada em uma esfera abstrata superior ou autônoma. Significa, sim, que ela é composta também por coisas não imediatamente apreensíveis. Se tivéssemos um prisma, com o qual pudéssemos decompor o espectro de cores de uma obra de arte que chega até nós como um único feixe de luz, veríamos destacadas, em colorações distintas, aquilo que chamamos de paixão, história, ideologia, conteúdo, humor, filiação, pensamento, imagem, som, sentidos etc., como um arco-íris. O que eu chamo de forma corresponderia, então, se tal decomposição fosse possível, aos raios ultravioletas. A título de exemplo, é esse entendimento o que permite que Benjamin, ao analisar a obra de Charles Baudelaire, identifique, no cerne da questão formal do soneto "A uma passante", a força do apagamento dos vestígios do sujeito em uma grande cidade — uma estruturação que liga o poema, imanentemente, à história da novela policial.

Bem, mas a ideia de forma não se restringe à arte. Você sabe, e me ensina, que a filosofia tem também um corpo, e que é a história do ensaio que mais visibiliza essa corporeidade da filosofia. E que, como no caso da forma da arte, também o ensaio não tem um corpo imediatamente apreensível, ele próprio obedecendo a um fluxo migratório (que o empurra inclusive para outras atividades reflexivas), porque ele pode se manifestar semelhantemente a um artigo (o ensaio sistemático de Adorno sobre "O ensaio como forma"), a uma carta (a de Georg Lukács a Leo Popper, "Sobre a forma e a essência do ensaio" — a qual, em alguma medida, celebro na estranha mimese que faço aqui), a um fragmento (como os dos românticos alemães, que aprendemos com o Pedro Duarte), a um diálogo (os de Platão, o maior dos ensaístas, disse Lukács), a um poema (como o "Poema no tubo de ensaio", de Marília Garcia) etc. A forma, portanto, não significa uma fôrma.

Formas são forças — mais uma vez, refiro-me a uma ideia de Benjamin, para quem as obras de arte — e as de filosofia! — eram uma espécie de reservatório das energias que a vida histórica recalcou. Tudo aquilo que não pôde acontecer continua na forma. Como na estrutura do inconsciente em Freud, para quem "a criança e seus impulsos seguem vivos no sonho", no interior das obras (de arte ou de pensamento) se conserva aquilo que poderia ter ocorrido. São forças. Reconfiguradas, aguardando em outro mundo, em outra esfera intuitiva-intelectual, a sua retomada, o seu desrecalque. Retornam como sonho. A crítica é a imagem desse sonho, que desfigura e transforma essas forças; não as traz, no entanto, de maneira intacta. A crítica sacrifica a aparição da obra, para trazer, em outra aparição, o fantasma que, nas obras, quer falar.

Bem, este é um livro de crítica *de arte*. O título não se refere, no entanto, à forma da arte. Tampouco à da crítica. Mas às forças enquanto se deslocam da arte para a crítica, e de crítica em crítica. O que une os textos aqui reunidos é a força nômade que tentei operar na escritura. Fazer com que a força das obras analisadas se deslocasse, se dessedentarizasse, se retirasse de seu solo para uma nova terra — é essa a tarefa a que me propus.

Para voltar a Benjamin, tentei "transpor plantas do jardim da arte para a terra estranha do saber, captando com atenção as pequenas mudanças de cor e de forma que acontecem nesse processo". Tirar as obras de seu lugar de conforto. Confrontá-las. Não com o tribunal, que condena algumas e celebra outras. Não estou interessado na função judicativa da crítica. Isso fica para os juízes da arte. Interesso-me pelo deslocamento, da arte e da própria crítica, para outras formas. Nesse sentido, *Formas nômades* se refere também ao deslocamento entre formas que a tarefa da crítica me exige.

Querida amiga, tudo isso tem a força da amizade. Da nossa amizade. Se te escrevo estas coisas, é porque a nossa amizade é, para mim, uma migração contínua. Como se nos víssemos sempre pela última e pela primeira vez.

Daqui do Méier, todas as tardes, posso ouvir as maritacas gritando e voando. É a pandemia do coronavírus, você está em Portugal. Quando nos veremos de novo? Queria poder estar gritando e voando contigo.

Amor,
R.

PREFÁCIO

EROS E CRÍTICA

Carta para Rafael Zacca

Querido amigo,

Você me convidou para escrever o prefácio deste livro — o seu primeiro dedicado ao exercício e à reflexão sobre a crítica de arte — quando eu ainda estava em Portugal. Essa carta atravessou um oceano e dois continentes e veio comigo, ainda incompleta, de volta ao Brasil. *Formas nômades* é o nome do livro onde vemos agora erguido um mosaico do trabalho de alguém que está, pelo menos desde 2016, escrevendo, pensando e disputando publicamente os sentidos e as formas da crítica de arte, sobretudo da crítica de poesia, no país, dentro e fora das universidades e dos círculos especializados. E me dou conta de que o seu convite chega a mim no momento em que mais estive nômade na vida.

Em pouco mais de um ano, por amor e por estudo, me desloquei muito. Habitei provisoriamente inúmeras casas aqui e em Portugal (me espanto ao fazer as contas: do final de 2019 até o início de 2021, oito ao todo), acompanhada pela sensação constante da transitoriedade: "estou de passagem, não demoro muito aqui". Uma tal coincidência gerou espanto, esse sentimento tão caro ao exercício da filosofia, e que você conhece bem. Mas logo o espanto foi substituído por outra sensação; um espanto de segundo grau, eu diria, que gerou, por sua vez, um efeito de reconhecimento.

Isso porque, olhando pra trás, para o nosso passado recente — o meu, o seu e o do Brasil —, percebi, Zacca, coincidir o estado de nomadismo com o que nomeio genericamente aqui de formação. Ingressar em instituições federais públicas de ensino, no meu caso desde o ensino médio e no seu desde a graduação, a partir da ampliação de vagas nas universidades públicas e da criação dos institutos federais, fruto das políticas educacionais de Fernando Haddad nos governos de Lula e Dilma Rousseff, forneceu o solo para o nomadismo de pessoas jovens suburbanas e interioranas, filhas de trabalhadores e trabalhadoras das cidades e dos campos que, antes, eram impelidos a se deslocarem talvez não como nômades, mas sobretudo como migrantes — não em busca de estudo, mas sim de emprego, fugindo da miséria material que o esquecimento programático do Estado de certas regiões do país produz. Foi inclusive a universidade pública e a formação o solo para a nossa amizade florescer: nos conhecemos e construímos nossa amizade na UFF, quando cada um de nós se deslocou, como um nômade, em direção à Filosofia e à reflexão sobre a arte — você a partir da História e eu das Ciências Sociais.

Uso aqui a metáfora do solo, e ela vem bem a calhar. Primeiro, porque a etimologia da palavra nômade remete não apenas à errância e à vacância desorientada de um indivíduo ou de um grupo, mas também ao movimento de deslocamento que acontece no interior de um mesmo solo, de uma mesma geografia. Nômades são também, no princípio, povos que vivem permanentemente mudando de lugar em busca de novas pastagens para os animais que os acompanham e fornecem força, proteção e alimento. Por isso, por mais diferentes que sejam as novas pastagens, elas precisam conservar algo em comum. É assim que os povos nômades da floresta o são dentro da floresta; os do deserto o são entre as areias e os oásis; e os nômades urbanos circulam de cidade a cidade. É assim que nós, dois nômades da universidade, nos movemos dentro dela. "Nada se move menos que um nômade", foi Deleuze quem disse isso. Uma frase a princípio estranha, porque produz uma identificação pela subtração (menos) entre pares opostos, o movimento e o repouso. Pude escutá-la pela primeira vez, assim como você, pela boca das atrizes de *Nômades*, essa peça escrita a quatro mãos pelo Marcio Abreu e pelo Patrick Pessoa (esse amigo que, como você disse, nos ensinou muito sobre a relação entre filosofia e arte e foi fundamental para a nossa formação nomadológica). Mas essa metáfora do solo também vem a calhar porque, em segundo lugar, ela reaparece modificada através do que Walter Benjamin diz ser a tarefa da crítica de arte, pensamento que fundamenta e liga cada um dos escritos críticos deste livro que agora vem a lume. O próprio Benjamin foi considerado por seus biógrafos como um *nômade acadêmico*, e, sobre a tarefa do crítico, ele nos explica apresentando essa imagem (à qual você recorreu para intitular a sua tese de doutorado): "transpor plantas do jardim da arte para a terra estranha do saber".

Como você mesmo disse em "Éden é o mundo", a primeira das dezoito críticas que se seguem aqui, "para um moleque do Méier, que transitou sua infância e adolescência entre os bairros de Madureira, Vila Valqueire, Cascadura, Sulacap, Realengo, Bangu, Senador Camará, Engenho Novo, Engenho de Dentro, Água Santa, para esse garoto só seria possível acessar e conversar com (...) o tema da criação a partir de uma desorientação fundamental", ou seja, a partir de um nomadismo. Provavelmente esse garoto que ainda é você, Rafa, se formou como poeta e crítico enquanto se deslocava, indo do Rio a Niterói e do Méier à Gávea de transporte público, lendo e estudando não apenas no silêncio das bibliotecas, no espaço das salas de aula ou na solidão dos quartos, mas no meio da rua e das gentes todas — nos ônibus, metrôs e barcas, e também no meio das praças, dos bares e das oficinas. Benjamin pegou o 457, assim como Anne Carson, Baudelaire, Drummond e Stella do Patrocínio usaram a linha 2 do metrô. Adorno ouviu pagode romântico e Platão, acompanhado por Lukács, bebeu e comeu no Codorna do Feio. Mas o que isso tem a ver com o trabalho do crítico?

Não sei responder com certeza. Você sabe como tenho dificuldade em dizer com certeza qualquer coisa, como sou indecisa escrevendo. Mas, lendo seus textos e convivendo contigo, só me vem à boca uma única resposta, e foi você mesmo quem me deu ela: a crítica de arte é resultado daquilo que surge do encontro entre o expediente e a pobreza. Como *Eros*, a deidade relativa ao amor na mitologia grega. A crítica teria então muito de amor e de prazer. E de partilha — como num banquete, convocando à mesa para a conversa aquelas e aqueles que estão envolvidos no processo de produção do sentido de uma obra (poetas, críticos, editores, estudantes, professores, leitores...). E conservaria, em si, o mistério que é gostar de alguém ou de algo. A crítica como forma de amor, ou então a crítica amadora, como você propõe na carta que escreve à Marcela Cantuária.

"*Todas as cartas são cartas de amor*": é um clichê, mas é verdade. E o que é o amor? Essa pergunta platônica ninguém respondeu tão bem quanto o Arlindo Cruz. Na música "O que é o amor", escrita assim, sem interrogação, ele canta:

> Se perguntarem o que é o amor pra mim
> Não sei responder
> Não sei explicar
> Mas sei que o amor nasceu dentro de mim
> Me fez renascer
> Me fez despertar
>
> Me disseram uma vez
> Que o danado do amor pode ser fatal
> Dor sem ter remédio pra curar
> Me disseram também
> Que o amor faz o bem
> E que vence o mal
> E até hoje ninguém conseguiu definir o que é o amor
>
> Quando a gente ama, brilha mais que o sol
> É muita luz, é emoção, o amor
> Quando a gente ama, é o clarão do luar
> Que vem abençoar o nosso amor

Sem definição, o amor, na música de Arlindo Cruz, é esse *quando*. E eu acho isso lindo. Não dá pra dizer o que é o amor. Só dá pra dizer *quando é amor*. A gente não sabe o que é, mas sabe quando é. O crítico amador não está interessado em dizer o que é arte ou o que é poema, mas é impelido a escrever *quando* experimenta a obra. Sem saber o que é a obra antes do encontro com ela, a crítica amadora parece desejar falar sobre isso que, na arte ou no poema, brilha mais que o sol e faz despertar pro mundo e pras coisas. A crítica amadora como o trabalho de eternizar, pra si e pros outros, a experiência do instante do encontro. Baudelaire fala de algo parecido acontecendo no amor à primeira e à última vista à sua passante. A crítica, que poderia ser concebida como uma forma de conhecimento sobre a obra, se coloca, no modo do amor, privilegiando a mediação da experiência. O quando talvez como isso: o conhecimento da crítica amadora se apresenta quando a experiência com uma obra acontece.

Rafa, muitos dos textos aqui reunidos não me são estranhos e estão no mundo em outros suportes e de outras formas. Foram lidos, partilhados e comentados à medida que foram sendo produzidos. São escritos de ocasião, circunstanciais, e guardam em si a força, ao menos para mim, desse *quando* que o Arlindo toca.

*

Como você mesmo disse, sua carta abrindo o livro mimetiza o gesto de Lukács que, também em seu primeiro livro de crítica, escreve a um amigo procurando elaborar para si e para os outros aquilo que daria unidade ao conjunto da obra que via pronta em suas mãos. Assim como este *Formas nômades*, *A alma e as formas* reúne debaixo do mesmo guarda-chuva alguma diversidade. Entretanto, a gente pode dizer que essa é uma diversidade menos diversa — porque Lukács pode até ter lido Aristóteles, mas certamente lhe faltou a experiência de ouvir o falatório de Stella do Patrocínio. *Formas nômades* radicaliza, assim, a experiência inaugurada pelo jovem ensaísta, pois aqui não podemos atribuir a unidade nem à forma nem ao conteúdo. É um livro, então, que não produz comunidade, porque, além de não conceber a crítica como juízo, não ajuíza sobre a forma, antes a experimenta. Tem uma geografia rebelde — ensaios, palestras, cartas, entrevistas... — porque não deseja forçar a realidade a uma só matéria. É a reunião e a convivência não daquilo que se apresenta "em comum" (a forma), mas a possibilidade de o "incomum" existir (as forças). A incomunidade e o inconformismo de mãos dadas.

Enquanto estive em Lisboa, tive notícias do pensamento de Sílvio Lima, um teórico português do ensaio que, um pouco antes de Adorno e seu "Ensaio como forma", escreveu um livro muito pouco ensaístico chamado *Ensaio sobre a essência do ensaio* (1946). Nele, o ensaio é caracterizado, sobretudo, como uma *atitude*. Não uma forma, nem um gênero, mas uma atitude. E a atitude que dá unidade a este seu livro não é outra senão a do amor. A forma nômade encontra unidade na prática da crítica amadora. E a crítica amadora parece ganhar corpo na forma da correspondência. E o crítico amador é aquele que sabe que não sabe nada sobre a obra antes do encontro, e que percebe, no encontro com a obra, que acabou de aprender alguma coisa e que era quase capaz de transformar esse aprendizado em crítica, mas lhe faltou recurso. Sempre falta alguma coisa. O saber do crítico amador não precede o encontro com a obra. É, mais uma vez, aquele *quando*. Ele fala com impropriedade. E com muito tesão.

*

"Todas as cartas são cartas de amor".

Sei que até aqui não falei objetivamente sobre a amizade e sobre a forma do ensaio, nem abordei as possíveis afinidades entre esse modo singular de se relacionar com os outros e essa forma singular de escrever sobre as coisas, assunto que é tema de minha pesquisa no doutorado e acredito que um dos motivos para o convite à escrita deste prefácio.

Nunca soubemos qual foi a resposta que o jovem filósofo húngaro recebera de seu amigo Leo Popper. O seu livro, Rafa, se distancia 110 anos daquele. Essa é a minha carta de amor para você, meu amigo. Há alguns anos marquei meu corpo com uma frase que você gosta muito: *só o desejo ensina*. É um refrão que costumamos repetir um ao outro quando estamos quebrados ou extasiados. Aprendo muito contigo, meu amigo, não apenas sobre a arte da crítica de arte, mas sobretudo sobre a arte de viver a vida. Como é importante estar aqui contigo, dizendo essas coisas pra você e praqueles que, daqui pra frente, lerão o seu livro.

Amor,
Jessica

I

INCONFORMISMO E INCOMUNIDADE

ÉDEN É O MUNDO[1]

Só têm razão de existir os inventores

Não vestirei o falso parangolé das palavras agradáveis e confortáveis que nos fariam ter aqui qualquer sensação de união em torno de um símbolo-pai comum. Se não posso ter os panos agora e dançar, não vou fingir. Gostaria apenas de ter comigo um dos princípios do parangolé, que foi definido por Hélio Oiticica, em 1972 (está lá no *conglomerado new yorkaises*), como "programa do circunstancial".

Programa do circunstancial.

E, para um moleque do Méier, que transitou sua infância e adolescência entre os bairros de Madureira, Vila Valqueire, Cascadura, Sulacap, Realengo, Bangu, Senador Camará, Engenho Novo, Engenho de Dentro, Água Santa, para esse garoto só seria possível acessar e conversar com o Hélio e o tema da criação a partir de uma desorientação fundamental.

E é sempre *alguém* que está desorientado.

Vamos falar de Hélio Oiticica, alguém para quem, desde os primeiros escritos de que temos notícia, a cor foi uma questão central. Tento voltar às obras com o Grupo Frente, aos Metaesquemas, aos bólides... Não é fácil, realmente, não é nem um pouco conveniente ter apenas os meus olhos daltônicos para levar adiante minha tarefa.

---

[1] Palestra proferida pela primeira vez no Seminário Internacional Hélio Oiticica para além dos mitos, em 2016, no Centro Municipal de Artes Hélio Oiticica. Depois publicada em Helio Oiticica para além dos mitos, com org. de Barbara Szaniecki, Giuseppe Cocco e Izabela Pucu, por R&L associados, no mesmo ano.

Programa do circunstancial.

Poderia então elencar algumas definições clássicas e contemporâneas acerca do tema da criação. Uma vez que sou ligado à atividade poética, poderia recorrer a sentenças de poetas e escritores do nosso maior interesse. À de Sophia de Mello Breyner, por exemplo, que disse: "Como Antígona a poesia do nosso tempo diz: 'Eu sou aquela que não aprendeu a ceder aos desastres'". À de um personagem de Miguel de Cervantes, Periandro, por exemplo, que afirmou que "o ano que é farto em poesia costuma ser o mesmo em fome". Ou ainda à célebre definição de Oswald, por exemplo: "Aprendi com meu filho de 10 anos/Que a poesia é a descoberta/Das coisas que eu nunca vi". Com essas assertivas, poderia depois recorrer aos escritos do Hélio sobre o novo, seus diálogos diretos ou indiretos com Lygia, com Pound, com os irmãos Campos. Seria talvez um caminho mais direto, correto, ou algo que o valha.

É outra coisa, no entanto, que me chama a atenção. Leio o que Mário Pedrosa escreve em 1965, a propósito de uma estranha simbiose do extremo em Hélio: de um "inconformismo estético, pecado luciferiano" e de um "inconformismo social, pecado individual". Para o crítico, essa fusão de beleza, pecado e revolta resulta em uma espécie de «inconformismo absoluto".

Um poema de Heyk Pimenta:

> Todas as pessoas que conheço
> querem
> ou vão querer
> ser
> incendiárias
>
> Mesmo as que só querem
> queimar o vizinho
> têm como ninguém
> um plano ideal
> para o mundo

sei de quem junte dinheiro
e estoque querosene em casa (PIMENTA, 2015, s/p.)

Conhecemos as insatisfações mais aparentes de Hélio: sua vontade de recolocação do problema do marginal na sociedade (uma vontade de justiça); seu protesto contra a caretice do cenário artístico nacional; sua revisitação constante às próprias produções; sua acumulação de textos e áudios, que parecem ressoar as palavras de Murilo Mendes sobre a intervenção que realizou nos próprios poemas em sua poesia reunida: "não sou meu sobrevivente, mas sim meu contemporâneo." Waly Salomão ressaltou esse *pathos* convertido em *ethos* em Hélio Oiticica com as palavras que podemos ler no parangolé p15 capa11: "incorporo a revolta". Todos esses são exemplos posteriores a 1960.

Gostaria de voltar a 1959. Leio Hélio escrever (está lá no *Aspiro ao grande labirinto*):

> A cor Metafísica (cor-tempo) é essencialmente ativa no sentido de dentro pra fora, é temporal, por excelência. (...) Quando reúno, portanto, a cor na luz não é para abstraí-la e sim para despi-la dos sentidos, conhecidos pela inteligência, para que ela esteja pura como ação, metafísica mesmo. (OITICICA, 1986, p. 16)

Estranha metafísica, a do jovem Hélio, que se "ativa" de dentro para fora!

Para um daltônico, a temporalidade aberta por Oiticica no centro da cor, revelando alguma coisa além de seu pigmento, além de suas ondas, inaugura uma possibilidade. Uma nova imanência, uma nova circunstância. A cor pode ser alguma outra coisa ou cor. Isto é, surge aqui a chance de que a cor seja sempre nova. Nesse sentido, todos são daltônicos, *colorblind* — ou não existe daltônico algum. A cor, de todo modo, não está mais dada, não é mais um fato consumado. Ela se converte em tarefa.

Programa do circunstancial.

Um ano depois, Hélio anotaria: "Quanto mais não-objetiva é a arte, mais tende à negação do mundo para a afirmação de outro mundo. (...)

O que é preciso é que o mundo seja um mundo do homem e não um mundo do mundo." Inconformismo absoluto. "Se querem antecedentes, talvez este seja um", disse o Mário Pedrosa, "Hélio é neto de anarquista".

O desinteresse pelo que está dado e o crescente interesse pelas possibilidades levam Hélio a se distanciar do objeto estático (que nunca foi realmente estático diante de seus olhos *temporais*) e a se aproximar cada vez mais do corpo. Não do seu próprio, nem do de seus espectadores; mas de um corpo qualquer, um corpo que ele ansiava emergir experimentalmente de suas proposições.

Com a montagem de Éden, uma década depois da concepção da cor-tempo, surge o conceito de "crelazer" que deu a imagem desse corpo iminente sob o signo do lazer-prazer-fazer. O Éden, de 1969, era composto por: penetráveis que convidavam à experiência sensorial com a água, a areia, as folhas, as pedras, a música; bólides preenchidos por pessoas (não mais por cores); um palco para a performance coletiva de uma vida experimental; e um conjunto de ninhos, convidando ao ócio. Um projeto para novas convivências. Segundo Hélio, ao fim de sua própria descrição de Éden, erguiam-se ali "bolhas de possibilidade — o sonho de uma nova vida, que se pode alternar entre o *autofundar* (...) e o *supraformar* (...), onde a ideia de Crelazer promete erguer um mundo onde eu, você, nós, cada qual é a célula-mater."

Programa do circunstancial.

Que é o artista em Hélio Oiticica? Não é tanto aquele que ergue uma obra, quanto aquele que possibilita uma abertura nas coisas, naquilo que está dado como certo, acabado. É, no fundo, alguma coisa muito mais modesta, e um tanto mais ousada, que o criador: um possibilitador. O que ele possibilita é não o novo em si, mas a emergência do criador em cada um dos envolvidos. Mais que a mera substituição da figura do espectador pela do participador, as ações de Hélio engendram a figura do operador, localizado no centro da própria obra. Ora, enquanto o participador toma parte no processo artístico proposto, o operador penetra a máquina com a qual convive. Pensemos no parangolé: não apenas se participa da dança; veste-se o parangolé. O que se dá é a chance de um aprendizado.

Chamemos isso de uma pedagogia do inconformismo. A recusa do que está acabado e a procura da "bolha de possibilidades" como promessa das delícias do Éden. "Só têm razão de existir os inventores", nos disse o Hélio. Estamos agora em nova posição para compreender essa sentença. Ela diz respeito não apenas a uma avaliação de Oiticica acerca do valor da vida enquanto imitação versus vida como criação. Trata-se de algo maior: a própria razão da existência é colocada em função da possibilidade de criação que nos foi dada a cada um. O artista como propositor; o espectador como operador — só têm razão de existir os inventores.

Penso no que disse Walter Benjamin na década de 1930:

> Um escritor que não ensina outros escritores não ensina ninguém. O caráter modelar da produção é, portanto, decisivo: em primeiro lugar, ela deve orientar outros produtores em sua produção e, em segundo lugar, precisa colocar à disposição deles um aparelho mais perfeito. Esse aparelho é tanto melhor quanto mais conduz consumidores à esfera da produção, ou seja, quanto maior for sua capacidade de transformar em colaboradores os leitores ou espectadores. (BENJAMIN, 1994, p. 132)

O primeiro livro a que tive acesso, depois da Bíblia (os livros da escola não contam, eu sempre colei nas provas de literatura), foi *O Livro de Ouro da Mitologia*. Por causa dos *Cavaleiros do Zodíaco*. Do livro roubei meu primeiro poema; uma cópia para impressionar a namorada, também exilada das estantes. Não me lembro de sua reação ao ver seu nome figurar ao lado de epítetos greco-romanos. Alguns anos depois, li biografias que contavam sobre como poetas liam Rimbaud aos 13 anos, e filósofos participavam de grupos de estudo de Kant aos 14. Ubiratan, ex-aluno meu no Estado do Rio de Janeiro, em Irajá, afeito ao grotesco e à profusão dos detalhes, teria, uma vez dada a oportunidade, gostado do Inferno de Dante? Das algaravias de Waly Salomão? Teria concordado com Auerbach sobre o legado realista do cristianismo? E Geise, negra, lésbica, forte e extremamente sentimental, teria lido Sapho com entusiasmo? Teria gostado das traduções experimentais para o inglês e para a linguagem dos subterrâneos da autora grega feitas por Anne Carson?

O que estou propondo agora é que aquilo que desde o início foi fundamental nas obras de Hélio e que nos trouxe até aqui, hoje, para conversar, isto é, que o seu inconformismo, convertido em pedagogia, em seus últimos trabalhos, sugere-nos que a radicalização de suas proposições exige a socialização dos meios de produção artísticos, que talvez se tornem, gradualmente, mais importantes do que as poucas obras que terminemos por deixar.

Haroldo de Campos sonhava com um laboratório de textos. Penso em fábricas geridas pelos trabalhadores, penso na reforma agrária, na expropriação dos meios de produção e na sua socialização. Penso em tudo isso analogicamente, claro, mas não apenas. Vamos falar, por enquanto, de relações artísticas de produção. Uma amiga, em uma das oficinas que ministrei aqui no Centro Municipal de Artes Hélio Oiticica, travou a mão, parecia não querer ou poder tentar o poema. De tudo, guardou a sentença: "não me faltam ideias, me faltam palavras". Desde então temos pensado muito na presença do material. Falta o material a muita gente. Mas não apenas: faltam as forças produtivas, das quais pode, realmente, emergir o *pathos* criador em cada um.

O campo experimental da arte, no formato das oficinas, por exemplo, tem a chance de se tornar um laboratório para novas vivências.

Programa do circunstancial.

Penso na última oficina que ministramos aqui no Centro. Envolvia a busca por novas corporalidades, a partir de uma discussão acerca dos animais e de um possível embichamento. Os operadores e as operadoras terminaram a aula tendo que resolver pequenas missões, como: "você é um pássaro de olhos furados, você ouve a gaiola abrir, se vira"; "você é uma formiga e conspira comer Madureira, se vira"; "você é um boi, você é mais forte que o boiadeiro, mas a burocracia não tarda, se vira"; "você é um cachorro rebocado na parede, é lua cheia, se vira". Menos do que os produtos em si, importam aí as bolhas de possibilidade abertas pelas proposições e pelas soluções encontradas.

No entanto, falar em programa do circunstancial, para mim, é também falar nessa redistribuição dos meios para as zonas que estão afastadas do modo de produção artístico, como muitos dos bairros chamados Jardim do Éden pelo Brasil. A sentença "só têm razão de existir os inventores" é possível com uma pedagogia da autonomia também no campo artístico, e, para falar com Paulo Freire, isso virá menos de uma transmissão de conhecimentos que de uma facilitação por parte de artistas, educadores, editores e toda a sorte de entidades da prática criativa. Para isso, o ambiente precisa ser criado de maneira análoga (com relação não tanto a sua aparência, mas a seu motor) a programas de artistas como Hélio Oiticica.

Éden é o mundo, e o ensinamento de Hélio talvez seja que o jardim das delícias vem com a criação de autonomia, onde possam surgir não apenas a "bolha de possibilidades", mas o campo experimental. E é por isso que agora estamos aptos a agradecer de verdade à produção deste seminário, Bárbara, Giuseppe, Izabela, Lucas, Rodrigo, ao pessoal geralmente anônimo da fotografia, da limpeza, das tarefas técnicas de som e iluminação, da segurança, da portaria, e tudo o mais, que possibilitam algum grau de abertura nisso tudo.

E, contra a prefeitura, dentro da qual este seminário e eu, de alguma forma, contraditoriamente, falamos — contra a política de remoções, contra a gentrificação galopante, contra os incontáveis crimes de Estado e contra a impossibilidade da vida e do novo que tem rolado pelo Rio de Janeiro, o mínimo que posso fazer é responder com mais um trecho do poema de Heyk Pimenta, que nos lembra de que só têm razão de existir os incendiários:

> Todas as pessoas que conheço
> querem

ou vão querer
ser
incendiárias

a maioria quer
nisso
um jeito de quebrar
os relógios. (PIMENTA, 2015, s/p.)

EXPEDIENTE E POBREZA

O amor entre os desgraçados em Heyk Pimenta[1]

As remoções marcam a história da reforma urbana nas metrópoles desde o século XIX. O Barão Haussmann, conhecido como o "artista demolidor", desponta como ancestral mítico dessa tradição que sustenta os prefeitos modernizadores das grandes cidades. A propósito do prefeito do Sena, Dubech e D'Espezel contam, na sua *História de Paris*, que "a megalomania criou uma cidade artificial onde o parisiense, traço essencial, não se sente mais em casa. (...) O parisiense, na cidade transformada em encruzilhada cosmopolita, sente-se desenraizado." (apud BENJAMIN, 2009, p. 169). Basta lembrar, diante desse sentimento de estranheza urbana, que Haussmann teve de enfrentar milhares de barricadas que tentavam impedir o avanço do progresso. No Rio de Janeiro, conhecemos uma linhagem de prefeitos que têm o Barão como totem; ela vai de Pereira Passos a Eduardo Paes, fazendo da cidade um raro caso de trabalho e movimento sem descanso.

Um novo elemento de resistência surgiu recentemente, porém, diante da modernização destruidora. Ele atende pelo nome de "ocupai", ou ainda "ocupação". Não é uma resistência nova na história dos movimentos sociais: no caso do Brasil, basta lembrar as demandas dos movimentos rurais e dos movimentos étnicos, como os dos Sem Terra, dos quilombolas e dos indígenas. No entanto, a incorporação dessa estratégia em espaço

[1] Publicado originalmente no *Suplemento Literário de Minas Gerais*, edição julho/agosto de 2016, e no *site Outras Palavras*, mesmo ano.

urbano não tinha conhecido, ainda, tamanha força, à exceção talvez dos Sem Teto e das experiências de autogestão de trabalhadores anarquistas. É significativo que nos chamados movimentos "ocupai", com quaisquer limitações políticas que possam ter tido, tenha-se tentado criar as condições de subsistência durante a ocupação das praças (isto é, de espaços públicos da cidade, em contraposição à ocupação de edifícios abandonados ou de fábricas), com geradores de energia que se alimentavam de bicicletas suspensas, bibliotecas comunitárias e pequenas cozinhas. Também a ocupação de escolas, desde 2015, por estudantes da rede pública em São Paulo, faz parte desse conjunto. Não se trata mais de apenas paralisar algum aspecto da vida urbana, mas de modificar o uso de um determinado território. Não mais apenas a paralisação do tempo modernizador; a proposição de outro uso do espaço.

> as varandas interditas
> e a cidade amarrada à cintura
> não é possível despejá-la (PIMENTA, 2015, p. 59)

Heyk Pimenta, poeta residente no Rio de Janeiro, passou a sua primeira infância na Zona da Mata Mineira, e a segunda em Artur Nogueira, no interior de São Paulo. Em seus poemas, o ponto de vista oscila entre estar misturado às obras de construção e demolição de edifícios e a visão por trás de uma janela ou coisa que o valha. Como se vivesse entre a roça e o elevador, sem poder se decidir entre uma coisa ou outra, às vezes acessa o urbano por trás de janelas, outras vezes leva a cidade colada ao corpo. Foi esse *olhar desigual* que lhe garantiu perceber aquela característica do espaço urbano que Milton Santos chamou um dia de "acumulação desigual de tempos" (SANTOS, 1986, p. 209). Essa percepção não é simples. Em Heyk, ela vem às custas de uma espacialização do tempo. Em *A serpentina nunca se desenrola até o fim*, o poema "Maritacas" fixa essa estranha acumulação em uma imagem. Ela ocorre enquanto as maritacas "procedem sua engenharia" de apanhar pétalas de uma "primavera prematura":

elas já não sentem fome
jogam por não poder esperar
jogam para matar o tempo
enquanto o tempo
[trapezista de circo pobre
o picadeiro de titicas]
paira entre as árvores
com as pernas cruzadas (PIMENTA, 2015, p. 46)

O retorno do tempo ao seu índice espacial é graficamente recuperado nos recuos explorados por Heyk, criando espécies de dobraduras em seus poemas. Na estrofe destacada, as colunas formam poemas superpostos, que podem ser lidos separadamente, de acordo com a sua verticalidade; de modo que há, no mínimo, três estrofes (as duas colunas lidas separadamente, ou uma única coluna, se lida intercalando os versos, como fazemos na leitura habitual). O poema, imagem estática, paira entre as palavras, de pernas cruzadas: as maritacas são o voo livre dos significantes que, libertos de seus significados imediatos, tornam-se temporalidade suspensa. Como se as reencontrássemos, assim como seus múltiplos sentidos, sons e densidades, carregadas, qual bolhas de sabão, prenhes de magia e fraqueza de estouro.

O poema "Densidade 45", que fala de um colchão que apodrece junto com o envelhecimento de um amor, também explora essa costura espaço-temporal. Os versos "toda a imundície do mundo/acumulando gordura/no canto das coisas" é a exposição espacial da temporalidade posta em "5 anos de mofo e desleixo/5 anos de fervor/5 anos de medo" (Ibidem, p. 47). As estrofes se subordinam, são impossíveis uma sem a outra. Tal disposição, no entanto, faz mais do que abrir uma percepção específica: ela inaugura o mundo como ação de coisas sobre coisas. Existem, em *A serpentina nunca se desenrola até o fim*, estratégias subjetivas — Heyk aparece constantemente como personagem de seus poemas, e amigos e amigas, pessoas que passaram por sua vida em tantas cidades, e sua companheira figuram como interlocutores —; no entanto, estão a serviço da dessubjetivação, exibindo uma articulação em que os objetos estão livres do sujeito, como na inversão lógica nos versos que habitualmente escreveríamos em outra ordenação:

> toda a umidade e samambaias e avencas
> do muro de arrimo
> em pedra
> chupadas a mordidas pelo colchão
> que era minha própria cabeça inflada
> meus olhos sentidos (Ibidem, p. 48)

"Densidade 45", como quase todos os poemas do livro, é um testemunho da precariedade. Ao mesmo tempo, é a fixação do momento em que a tarefa se apresenta ao poeta: "— Levanta caroll o colchão pra respirar/— Vamos comprar um estrado/— Temos que fazer outra capa" (Ibidem, p. 47). Tarefa e precariedade são duas sombras que acompanham a verdadeira arquitetura de *A serpentina nunca se desenrola até o fim*. Embora o poeta tenha organizado o livro em torno de três eixos temáticos (e seria fácil partir destas divisões para estabelecer uma legibilidade: "Casulo" seria uma má preparação para as coisas, "Monturos" um excremento que sempre sobra das atividades, e "Veios", o fracasso como único nutriente), é função da crítica mortificar as obras para fazê-las de adubo.

No *Banquete*, de Platão, a sacerdotisa Diotima de Mantinea nos dá a saber a origem de Eros. No dia em que nascera Afrodite, houve um banquete entre os deuses. A Pobreza aproveitara a ocasião para mendigar ao pé da porta, ao passo que Expediente (Poros), filho da Invenção (Métis), embriagado de néctar, desmaiou no jardim de Zeus. "Então, Pobreza, espicaçada por sua própria indigência, pensou na possibilidade de ter um filho com Expediente: deitou-se-lhe ao lado e concebeu Eros" (na tradução de Carlos Alberto Nunes). Entre as consequências desse conúbio, dá-se a saber que Eros, por ser filho da Pobreza, "é sempre pobre e está longe de ser delicado e belo (...) é áspero, esquálido e sem calçado nem domicílio certo; só dorme sem agasalho e ao ar livre, no chão duro, pelas portas das casas e nas estradas"; e, por ser filho do Expediente, "é bravo, audaz, expedito, excelente caçador de homens, fértil em ardis, amigo da sabedoria, sagacíssimo, filósofo o tempo todo, feiticeiro temível, mágico e sofista" (PLATÃO, 2011, p. 151-153).

Também de uma tal mitologia poderia ter nascido o ímpeto de Heyk Pimenta. Não é à toa que o amor permeia não apenas a temática de muitos poemas, como alguns de seus recursos. Em "Penso agora como vamos nos virar", não apenas Heyk e a companheira Marianna estão sem saída e pobres, como as funções eróticas permeiam os verbos escolhidos: "e andamos *mexemos*/por dentro das bocas de bicho/que nos *demos*"; "é você quem me *come* e guarda/meus restos na mochila pra depois"; "a flor fodida onde *põe* minhocas e cascas de cebola" (PIMENTA, 2015, p. 57). No poema "Agora", a implosão da estrutura sintática tem efeitos eróticos:

> me deixando seco e fosco por dentro
>
> como
> agora que nossos piercings se encaixaram (Ibidem, p. 9)

"Como" toma a forma de advérbio, conjunção e verbo comer, tudo no mesmo significante. A função erótica, nesses casos, se desdobra em intervenção, ligação, e ação devoradora, respectivamente.

"Agora" é o poema de abertura do livro. Já em seus primeiros versos, anuncia que "hoje não tem beleza nenhuma na casa/nem potência nos retalhos da carne" (Idem). O fracasso está exposto como condição primeva dos poemas. Ele atravessa todo o material de *serpentina* e conhece uma pequena interrupção em "464", que não é suficiente para retirar o gosto amargo da boca. No poema "Loteamento", ele se fixa na imagem de uma casa que não chegou a ser concluída. Serve apenas como trincheira de crianças. De resto, é vergonha por não estar pronta. Sua demolição traz carregado o acúmulo de outros projetos fracassados:

> carniça

desmontam você à noite
perdeu as carenagens
sozinha onde outros tantos montes de areia

avisavam de outras casas

que não vieram (Ibidem, p. 16)

O erotismo na poesia de Heyk é também temporal. Ele aproxima os desgraçados. Não estão unidos pelo que têm ou são, mas pelo que perderam. Nesse sentido, a criação de imagens faz parte de um sentimento coletivo que atravessa outras impossibilidades. A injustiça social lampeja em seus poemas, não como tema, mas como forma interna, como nos versos do poema "Cigarra":

com o lado esquerdo petrificado
olho patas asas incompletas
do olho direito maduro vê os vaga-lumes
armarem coro
e o verão gritar grosso das nuvens
os beija-flores engordarem
e as plantas que não têm porquê

até que as saúvas as lava-pés
se esquivem dos espinhos
e desfaçam a cigarra incompleta

a que nunca se desfez da casca
a que se desenterrou à toa
a que não soube do amor
a que não viu as árvores de cima (Ibidem, p. 18)

O fracasso do verão em um bicho é análogo àquele que atravessa também a história das metrópoles. É por isso que a evocação de eventos recentes de resistência fadada ao fracasso, como o caso de Pinheirinho, em São Paulo, ou da Aldeia Maracanã, no Rio de Janeiro, não pode ser descolada daquela dos movimentos que retomaram as ruas dessas cidades desde 2012, bem como o poema "Cigarra" evoca, invariavelmente, o poema "Caminhão Pipa". Nele, as imagens de carnaval e de passeata se alternam, não sabemos se se trata de festa ou de resistência. Temos apenas a rua como "mesa de dissecação barroca", "nossa treva/sem qualquer centímetro de recuo", e "as barricadas do carnaval" (Ibidem, p. 26). A mistura de festa e comício tem retornado como alternativa aos movimentos sociais, principalmente o estudantil. O caminhão-pipa, que encerra a noite e é motivo do alvorecer, que avança sobre os manifestantes/foliões, torna-se um enigma: não sabemos que motivo o conduz; dessa forma, ele nos convida a tomar também outra máquina de interrupções como enigma, aquela que age na história das cidades.

Essa memória coletiva, pertencente aos povos oprimidos, à horda de vagabundxs, trabalhadorxs, mulheres, negrxs e índixs, encontra-se em estado bruto no poema "Vagões". Nele, o poeta contempla vagões abandonados na estrada de Mangaratiba. Se os versos se revelam uma potência avassaladora na criação de imagens, os vagões à deriva podem ser compreendidos como pura memória dos eventos sociais de espoliação. Como isso acontece? Os vagões são um médium através do qual Heyk acessa outras imagens, que são invocadas para explicar os vagões, enquanto o seu duro minério resiste à razão. São convocados os flagelados, os velhos, os sem-terra, os ciganos, os fiéis de procissões... Cada uma dessas imagens puxa outras, como se a própria memória fosse uma locomotiva cujo brilho põe em motor a imaginação, impossível de ser capturada. É o exato oposto da célebre cena de *Possessed* (1931), de Clarence Brown: somos nós quem passamos ainda vívidos diante dos vagões, que aprendem a sonhar conosco — um sonho breve, irrealizável. Nessa impossibilidade de captura, a formulação analógica permite, ao menos, dizer a propósito de outra coisa. A analogia revela muito mais a propósito da imagem invocada do que daquilo de que se quer, aparentemente, dar conta. Seja como for, nas últimas linhas de "Vagões", a memória se converte finalmente na imagem de soldados assustados. Talvez porque se saiba que, diante da pobreza ancestral que evoca, haverá guerra desigual, se se quiser qualquer coisa que pareça ainda digna. Nas palavras de Heyk:

> amanhã não vai ser melhor o despertador
> mostrará nossas cuecas penduradas na porta
>
> e dirá eu sei, mas não resta saída crianças (Ibidem, p. 57)

ÊXODO DA CONDIÇÃO HUMANA

Desarticulação do matadouro no *Mugido* de Marília Floôr Kosby[1]

o ninho estranho
atrás da casa toda (...)
os bichos se encaram

Ana Carolina Assis

Quando cursei a graduação em História, ouvi de um professor que sofreu algumas violências durante a ditadura militar que o ser humano é o único animal que tortura. Seguindo o comentário, podemos supor que a racionalidade — com a qual nos distanciamos frequentemente da instintividade, a partir do que separamos *mundo animal* de *mundo humano* — é, mais ou menos vezes, a faculdade de torturar. É o balanço de Adorno e Horkheimer na sua *Dialética do esclarecimento*, em que avaliam o preço cobrado pela racionalidade nos campos de concentração (entendidos, por eles, não como desvio da história do humano enquanto animal racional, mas como o seu auge) — ou, se preferirmos permanecer no domínio poético, preço cobrado por Odisseu, o mais astuto dos heróis (o que lograva as forças do mito com a razão e fugia o tempo inteiro da condição de animalidade da qual seus companheiros por vezes não conseguiram escapar), quando retornou

[1] Publicado originalmente na revista *escamandro*, em janeiro de 2018.

a Ítaca e não apenas matou como torturou os rivais ao trono e abusadores de Penélope, não poupando, tampouco, a criadagem que conspirou com os concorrentes. Trata-se, nas duas formulações, de uma subversão de uma moeda corrente, que gastamos na fala, quando afirmamos que determinada época ou personagem histórica é "desumana", querendo dizer que essa época ou personagem violenta com requintes, e, por isso "não pensa".

Tal subversão, que identifica na racionalidade (instrumental, no caso de Adorno e Horkheimer) a humanidade violenta, não esgotou a sua possibilidade de esgarçamento de nossa realidade. E pode mesmo representar algum conservadorismo, se lida levianamente, uma vez que pode levar mais à estabilidade dos pares duais que sustentam muitos dos nossos sistemas de dominação (entre espécies, entre gêneros, entre classes) que à sua dissolução. Refiro-me às oposições entre convívio e predação, vida e morte, animalidade e humanidade e, principalmente, história e natureza. Sem se revolver com tais distinções, dificilmente se poderá chegar a uma teoria política propriamente dita, isto é, uma que torne estranho o que nos é familiar e que permita a transformação do que se supunha natural e, por extensão, imutável.

Trata-se, portanto, do problema da mutabilidade (ou do caráter radicalmente histórico) de todas as coisas, inclusive as "naturais". É por ocasião da leitura de *Mugido* (editora Garupa, 2017), de Marília Floôr Kosby, em que principalmente os pares vida-morte e convívio-predação são confundidos, e da crescente atenção à questão animal (vide, por exemplo, a série de "zoopoéticas" que Ricardo Domeneck publicou antes do fim da revista *Modo de Usar*) que proponho aqui que a poesia talvez seja uma dessas possibilidades de *confusão* entre o natural e o histórico. Enquanto o agronegócio tenta, num gesto imoral, remoralizar a própria imagem (com intervenções diretas tanto em horário de propaganda política gratuita quanto no *slogan* da Rede Globo "Agro é tech, agro é pop"), poetas hoje, como Ana Carolina Assis (e sua comunhão do minúsculo com o ermo), Heyk Pimenta (e seus bichos e flores fodidas) e Marília Floôr Kosby (e seu mugido) minam o uso do "animal" ou do "natural" na comunicação e na propaganda, favorecendo a possibilidade de uma zoopolítica — para não falar no *boom* do programa zoopoético, que permeia a produção contemporânea, como acontece com, para citar apenas alguns, pois a lista é exaustiva, Ricardo Aleixo, Júlia de Carvalho Hansen, Guilherme Gontijo Flores, Alberto Pucheu, Carla Diacov e Liv Lagerblad (tento aqui diferenciar a "possibilidade de uma zoopolítica" — atuação política que só se realiza enquanto possibilidade, pois prepara a intervenção sem realizá-la, de fato, uma vez que não destrói "matadouros" em sentido ampliado — da necessidade de uma programática zooliteratura ou zoopoética, que lida simbolicamente com o problema da alteridade. Para um estudo dos bestiários contemporâneos, cf. os trabalhos recentes de Maria Esther Maciel).

> agora vocês imaginem
> que o cão durou uma noite
> inteira escarrando a espinha
> entalada
> de uma ovelha
> que mal esperneou pra morrer (KOSBY, 2017, p. 45)

São poucos versos de que Kosby precisa para embaralhar as nossas coordenadas. Os símbolos do domínio (o cão "doméstico" que pastoreia) e da subordinação (a ovelha que mal esperneia pra morrer) "convivem", mesmo após a "morte" da ovelha. Passam a noite juntos, na forma de um "escarro" atravessado por fonemas feitos das letras "m" e "n", que remetem, visualmente, às costelas que os versos que precedem a estrofe faziam o leitor imaginar ("vocês já viram/o espinhaço/as vértebras/de uma ovelha/ no açougue//têm três pontinhas/fininhas/com imaginação lembram/uma estrela pra quem/vê de cima" [Idem]). Secretamente, ainda, convivem (e nos fazem conviver) com a vaca, pelo menos com a vaca poetificada no mugido, pela força da proliferação da letra "m", como propõe o poema que abre o *Mugido*, chamado, justamente, "mmmmmm" (composto do mesmo número de ocorrências da consoante "m" que encontramos na estrofe que descreve a cena do engasgo), em que podemos ler que "o mugido foi a ação escolhida" para uma "desarticulação". Kosby propõe, no poema de abertura, que essa desarticulação se efetua a partir de "um êxodo/de uma tal condição/humana".

Para um leitor apressado, esse êxodo pode remeter a uma fuga. Examinemos melhor a questão. No prólogo de *A condição humana*, Hannah Arendt tece algumas considerações a respeito da "fuga da Terra" mobilizada pelo lançamento do *Sputnik 1*, em outubro de 1957, pela URSS, que orbitou em torno do planeta por três meses, enviando um pequeno sinal de rádio que poderia ser captado inclusive por rádios amadores. O lançamento foi realizado com o auxílio de um foguete *R-7 Semyroka* e significou um teste dos limites que encarceravam o ser humano na Terra, reforçando a tomada de posição do humano como habitante não mais do seu planeta, mas do universo. O mesmo foguete *R-7*, que serviria ainda como arma de combate e aniquilamento, serviu para que o ser humano sondasse chances de fuga de seu primeiro habitat. Esse evento sinaliza, para Hannah Arendt, um verdadeiro niilismo contemporâneo: uma vontade de fuga da condição terrestre, da vida "como nos foi dada", compreendida pelo ser humano como prisão. "A reação imediata", diz o prólogo à *Condição humana*, a propósito do modo como foi noticiado o lançamento do *Sputnik 1*, "expressa no calor da hora, foi alívio ante o primeiro 'passo para a fuga dos homens de sua prisão na Terra'" (ARENDT, 2010, p. 1).

Se o avanço da tecnologia (e, contemporaneamente, do capitalismo) é identificado como chance de fuga da Terra (e, portanto, de colonização e domínio do espaço), é fácil perceber por que, historicamente, alguns movimentos políticos, artísticos e filosóficos quiseram se contrapor a esse destino das forças produtivas a partir da imagem idílica de um retorno à Terra como paraíso natural a ser reconquistado. Desde a *Lebensphilosophie* até certas vertentes do Romantismo, o antídoto contra o veneno da fuga foi a *refamiliarização* com a vida natural, com a Terra, com a natureza etc. Uma fuga, portanto, para o *interior* (tanto o geográfico, longe dos litorais e da atmosfera, quanto o psíquico). Mas é contra as duas fugas, a que escapa para "fora" e a que escapa para "dentro", que Kosby nos oferece a imagem de um êxodo.

O que significa esse êxodo? A palavra deriva do grego éksodos, que significa "passagem", "saída" (ou, literalmente, um "fora", *ex*, do caminho, ódos). Contemporaneamente, remete ao deslocamento de grupos inteiros de pessoas de uma região para outra, implicando, portanto, um *estranhamento*, uma condição de *estrangeiridade*. O estrangeiro suporta tanto a diferença da língua quanto a diferença de direitos desde pelo menos a Grécia Antiga — aliás, justamente na Tragédia Grega, segundo Aristóteles, chamamos éksodos o momento em que o Coro anuncia, sem canto, o desfecho da peça. No *Mugido*, esse êxodo implica, simultaneamente, a condição estrangeira do animal e da mulher, promovendo, por exemplo, uma identidade maior entre as "fêmeas" de todas as espécies do que entre a "fêmea" e o "macho" humanos. Não se deve descartar ainda o alcance de camadas de sentido que um tal êxodo propõe, em conúbio com a memória e a atualidade de um êxodo rural que desde pelo menos o início de nossa República marca os trabalhadores do campo, muitas vezes explorados pelo agronegócio ou pela burguesia que processa e negocia os seus frutos nas grandes cidades, configurando um grande matadouro nacional.

Seja como for, essas leituras nos sugerem também o sonho do fim da "peça teatral" do doméstico: "todos aqueles cães/eram cadelas//bocetas ao sol/não é todo dia" (KOSBY, 2017, p. 105). Reforça esse encontro de significados o comentário de Angélica Freitas, em forma de poema ("muuuu") ao final do livro: "Ler poemas como quem presta atenção, de verdade, em uma fêmea de outra espécie./Para se entender." (apud KOSBY, 2017, p. 107).

A tese fica mais forte se trazemos à luz um poema de Kosby endereçado a uma "angélica", que bem poderia ser a Freitas (autora de *Um útero é do tamanho de um punho*, referência incontornável tanto para a poesia contemporânea quanto para a poesia feminista), e em que se fala de um "útero/imenso" de uma vaca, que, para o parto, "requer punhos/firmes/finos porém" (KOSBY, 2017, p. 29) — e que ressoam, por sua vez, em versos que aparecem cerca de 30 páginas depois: "uma vaca furiosa/te passa por cima/te pateia/ganha no mato//uma mulher furiosa/quem sabe//que carinhos tem/uma vaca?" (Ibidem, p. 65).

Os poemas de Kosby realizam materialmente o que propõem simbolicamente. Com isso, não nos apresentam um mundo de fusão entre animal e humano, mas de confusão, o que amplia as suas possibilidades políticas. Sem definição, história e natureza não se significam mutuamente: confundem-se, suspensas. Se a política acontece quando se rompe o consenso, ou seja, quando se desfaz a ficção de que todos nós sentimos as mesmas coisas, como propõe Jacques Rancière, permitindo, com isso, o ruído da diferença, o *Mugido* de Kosby, que é "difícil" de ouvir (segundo o poema de abertura do livro), oferece-se menos como novo mundo, em que podemos habitar com os nossos sentidos, do que como ruído em nossas faculdades do entendimento. Dessa forma, *Mugido* é uma produção de ansiedade: quer que tudo anseie pelo fim da peça teatral que, segundo Kosby, produz "o cheiro de osso queimado" do "matadouro" (que deve ser compreendido em sentido ampliado, como qualquer sistema que transforma o "matado" em "ouro", quer dizer, que mata para o consumo público), e que leva, "sem almoço", "da fome/à náusea" (Ibidem, p. 43).

A EDUCAÇÃO PELA PRÁTICA DA LINGUAGEM

Uma chance pedagógico-filológica na poesia de João Cabral de Melo Neto e na filosofia de Paulo Freire[1]

Entre os tesouros que a cultura de nosso país desenterra, encontra-se a promessa de um convívio pedagógico entre pessoas e coisas pela linguagem. A esse propósito, há uma curiosa afinidade entre alguma tradição poética e alguma tradição pedagógica no Brasil. É o que se manifesta com força nos projetos de João Cabral de Melo Neto e de Paulo Freire. No primeiro, a experiência da língua é uma experiência pedagógica de compartilhamento de saberes entre coisas e de reconhecimento da alteridade; no segundo, a partilha entre educadores e educandos é, necessariamente, uma partilha de expressões de si e do outro, semelhante ao que ocorre na filosofia Ubuntu, que postula uma ontologia do ser social a partir do pressuposto "eu sou porque nós somos". Essa experiência poético-pedagógica não é exclusiva de Melo Neto e Freire — eles apenas visibilizam um Brasil que ainda não pôde vir a ser em sua plena potência linguística-educadora, mas que conhece alguns lampejos em práticas insistentemente interrompidas por projetos autoritários (como a alfabetização pelo método Paulo Freire foi atacada durante a ditadura militar, assim como hoje o nome do pedagogo é alvo da retórica bolsonarista).

[1] Publicado originalmente no *blog* da Biblioteca Virtual do Pensamento Social em novembro de 2019, a convite de Lucas van Hombeeck.

As práticas artístico-pedagógicas que se desenvolvem há mais de meio século no Brasil fazem parte dessa tradição. É curiosa a coincidência dos momentos de ascensão das oficinas não apenas literárias como artísticas em geral (no Brasil essa tendência teve um dos momentos de consolidação, por exemplo, no momento pré-ditadura militar, entre 1962 e 1964, com os Centros Populares de Cultura da UNE) com o surgimento de *A educação pela pedra* (1966), de João Cabral de Melo Neto. Se no caso das oficinas de poesia temos uma tendência de formação (dos escritores e dos leitores) para o poema, no livro de João Cabral vemos uma educação do poema (aludida desde o título da obra) pelas coisas. No texto que dá título ao livro, "A educação pela pedra", isso se configura tanto na lição da pedra-em-si ("para aprender da pedra, frequentá-la/captar sua voz inenfática, impessoal/(pela de dicção ela começa as aulas)"), quanto no pré-didatismo da pedra-no-Sertão ("lá não se aprende a pedra: lá a pedra/uma pedra de nascença, entranha a alma"). Contemporâneo da *Educação como prática da liberdade* (1967), de Paulo Freire, esse projeto de João Cabral de um aprendizado do poema (e do poeta) com as coisas chega à sua forma mais bem realizada em *A escola das facas* (1980), com a esperança de que haja, *no* poema, uma educação das coisas pelas coisas.

> O alísio ao chegar ao Nordeste
> baixa em coqueirais, canaviais;
> cursando as folhas laminadas,
> se afia em peixeiras, punhais.
>
> Por isso, sobrevoada a Mata,
> suas mãos, antes fêmeas, redondas,
> ganham a fome e o dente da faca
> com que sobrevoa outras zonas.
>
> O coqueiro e a cana lhe ensinam,
> sem pedra-mó, mas faca a faca,
> como voar o Agreste e o Sertão:
> mão cortante e desembainhada. (MELO NETO, 1995, p. 403)

O poema é uma espécie de lugar comum em que acontecem a poesia e as próprias coisas, em sua essência, a partir de relações de ensino-aprendizagem das palavras e dos "objetos". O que o vento alísio aprende nas folhas laminadas, quer dizer, cursando as folhas laminadas, nesse duplo sentido que tem para nós a palavra e o verbo "cursar", revela-se como uma pedagogia entre coisas. Vento, folhas, coqueiral, cana. Mas as coisas estão saturadas de relações humanas: o coqueiro e a cana, que cortam, ensinam o corte ao vento, porque o Agreste e o Sertão aprenderam o modo de existência da "mão cortante e desembainhada". É possível perceber uma espécie de solidariedade entre essa colocação poética e a filosofia do inacabamento de Paulo Freire, para quem tanto mundo quanto seres humanos estão em estado de permanente acabamento a partir de relações de ensino-aprendizagem. Por isso ensinar exige consciência do inacabamento essencial dos seres humanos (e das coisas):

> Aqui chegamos ao ponto de que devêssemos ter partido. O do inacabamento do ser humano. Na verdade, o inacabamento do ser ou a sua inconclusão é próprio da experiência vital. Onde há vida, há inacabamento. Mas só entre mulheres e homens o inacabamento se tornou consciente. (FREIRE, 1996, p. 50)

Assim como a pedra-no-Sertão de "A educação pela pedra", nas palavras do poeta, "entranha a alma", também o método Paulo Freire pressupõe uma construção imanente do conhecimento. O modo de funcionamento das palavras geradoras no método de alfabetização, por exemplo, é análogo ao modo existencial das palavras em João Cabral, com a sua pedagogia do dentro para fora. Assim como as cartilhas de leitura surgem a partir das colocações do próprio educando, também as propriedades poéticas de um elemento de comparação, nos poemas "pedagógicos" de João Cabral, desdobram-se de um universo lexical desdobrado lentamente dos outros elementos convocados.

É o que podemos chamar de vocação, ou chance, pedagógica da linguagem na cultura brasileira. Não se trata de defender aqui que a linguagem possa humanizar ninguém, nem sequer de destacar um papel redentor dos poemas ou das práticas de alfabetização. Trata-se, antes, de destacar que há, talvez, em nossa cultura, possibilidades de ensino-aprendizagem (entre pessoas e poemas, entre poemas e coisas, entre pessoas e coisas, entre coisas e coisas e, por fim, entre pessoas e pessoas) *na* linguagem. Nesse sentido, a língua se torna uma espécie de redução ontológica que transforma tudo aquilo que é dito e que diz (pessoas, coisas, poemas) em *sujeito*. Todas as relações (frequentemente estabelecidas na forma sujeito-objeto) passam a tomar o aspecto sujeito-sujeito. Essas possibilidades não apontam meramente para um uso instrumental da língua (como se pudéssemos, com a ajuda da linguagem, ingressar em relações desse tipo), mas sim para algo que poderíamos definir como uma *pedagogia filológica*.

Um tal aprendizado *na* linguagem, e não *por meio* dela, parece implicar também, tanto em João Cabral quanto em Paulo Freire, um reconhecimento da alteridade. Com isso, as relações de ensino-aprendizagem *na* linguagem exigem um método dialógico. Em Paulo Freire, esse método parte da colaboração entre os diferentes que "ad-miram" e pronunciam o mundo. Em João Cabral, por outro lado, tal exigência encontra seu grau máximo em "O mar e o canavial", de *A escola das facas*, em que se reconhece, nas relações de ensino-aprendizagem entre coisas, o que se pode e o que não se pode aprender um com o outro (é preciso reparar, ainda, como a própria disposição dos poemas de *A escola das facas* é dialógica, com o espelhamento das estrofes-poemas e dos elementos, bem como com as inversões lógicas):

> O que o mar sim aprende do canavial:
> a elocução horizontal de seu verso;
> a geórgica de cordel, ininterrupta,
> narrada em voz e silêncio paralelos.
> O que o mar não aprende do canavial:
> a veemência passional da preamar;
> a mão-de-pilão das ondas na areia,
> moída e miúda, pilada do que pilar.

*

O que o canavial sim aprende do mar:
o avançar em linha rasteira da onda;
o espraiar-se minucioso, de líquido,
alagando cova a cova onde se alonga.
O que o canavial não aprende do mar:
o desmedido do derramar-se da cana;
o comedimento do latifúndio do mar,
que menos lastradamente se derrama. (MELO NETO, 1995, p. 309)

VULGARIZAÇÃO DA POESIA[1]

Em 2013 ingressei na articulação, com uma porção de gente que veio e foi ou ficou, da Oficina Experimental de Poesia. Desde então mudanças muito fortes têm ocorrido, por causa do dia a dia nesse lugar em que se reúnem tantas pessoas de lugares e propósitos diferentes. E estou entendendo essa mudança como uma "virada vulgar" em tudo o que diz respeito à poesia pra mim, aí inclusas a feitura de poesia, a conversa sobre poesia, a vivência da poesia, e, é claro, a crítica de poesia.

Ou talvez seja melhor começar de outro jeito. Desde criança. Desde criança ficou claro pra mim que eu tinha um corpo estranho, que eu *era* um corpo estranho. Quer dizer, eu nunca soube o que fazer exatamente com os braços, as pernas, a barriga: sempre me atrapalhei na vida dos esportes e na vida amorosa, sempre andei um pouco desengonçado, sempre fui pequeno e atrapalhado, e esse conjunto de coisas certamente contribuiu para que eu procurasse uma vida mais "espiritual", quer dizer, uma vida voltada pra poesia (sou poeta), pra filosofia (sou doutorando em Filosofia pela PUC) e para a crítica (atuo no jornal *Rascunho* e na revista *escamandro*). Essa coisa que estou chamando de "vida espiritual" me afastava de certas vulgaridades, desse lugar do *comum*. Porque sempre foi desse espaço comum que eu fui escorraçado, fosse pelo *bullying* na escola, fosse pelas

[1] Palestra proferida no seminário Formas da Crítica, UFRJ, 2017. Outra versão do texto foi publicada em *Formas da crítica*, publicação organizada por Beatriz Resende e Eduardo Coelho para o PACC, UFRJ

incapacidades gerais (regidas pela preguiça e pela vadiagem, geralmente) para qualquer coisa que não fosse a leitura e a escrita.

É claro que essa postura, que me levou a me afastar do comum, confunde-se com o próprio entendimento de poesia na história, pelo menos na história dos tratados de versificação, por exemplo, como no *Tratado da Versificação Portugueza*, em que Pedro José da Fonseca diferenciava, ainda no século XVIII, a poesia da prosa pelo que a poesia, de dicção *incomum*, destacaria-se da dicção do comum, da dicção vulgar, do vulgo, do plebeu. Rebaixamento do vulgo que sobrevive nas mais distintas e inesperadas áreas, como em uma muito comum na minha formação em História, no uso que se faz por lá da expressão "marxismo vulgar", entendendo-se aí vulgar como menos elaborado, menos complexo e até reprovável.

Acontece que a minha história sempre foi vulgar também, e eu me sinto um pouco em dívida com essa experiência coletiva, da Oficina, que me afastou desse entendimento preconceituoso, e acho que preciso falar dessa "virada vulgar", tanto do que a possibilitou quanto do que ela significa pra mim, e, talvez, do que pode significar para a crítica.

Mas o que exatamente gerou essa "virada vulgar"? Acredito que pelo menos três fatores. Em primeiro lugar, a própria prática de coletivo autogerido que existe na Oficina, e a dialética de grupo/indivíduo que isso envolve. Ali cada corpo aparece como diferença no coletivo, e o coletivo aparece como espaço comum em que esse corpo, no caso, o meu, pode estar, com toda a sua diferença e estranheza, construindo um corpo comum.

Em segundo lugar, o que possibilitou essa "virada vulgar" foi também a composição heterogênea, e até mesmo estranha, do grupo: a Oficina Experimental de Poesia integra poetas, mas também gente ligada à fotografia, ao cinema, à performance, ao *design*, bem como leigos e interessados em geral. Mesmo gente que não quer escrever e o diz abertamente. E também a Oficina situa sua base na zona norte da cidade, no Méier, e claramente não é composta por herdeiros da cultura: isso torna o ambiente acolhedor, por exemplo, para um filho de uma classe média, com pais tardiamente saídos da pobreza, que experimentou a infância e adolescência na cidade entre os bairros de Senador Camará (com a família dos pais) e Méier (lugar onde nasci e moro até hoje).

Por fim, essa "virada vulgar" também possibilitou uma prática muito específica da Oficina: a "lanternagem". Explico: a "lanternagem" é uma prática de "vulgarização do poema", ou seja, de restituição do poema ao território do comum, da plebe, do vulgo. Num dia de "lanternagem", cada participante leva o seu poema à Oficina, com várias cópias, que são distribuídas entre os outros participantes. Cada poema é lido por vez, e a essa leitura se acrescentam comentários e sugestões de todos os presentes. No turno de seu próprio poema, o participante fica quieto e ouve seu poema pela boca dos outros, e deve permanecer calado. Os outros participantes rabiscam as cópias que têm em mãos, e falam para o autor do poema todas as sugestões que têm para aquela "máquina". Elogios e julgamentos negativos são evitados: todos tentam entender o que é aquela máquina e como melhorá-la. E todos passam pelo mesmo processo, depois.

A "lanternagem" abre assim uma esfera de uso no próprio poema. Ao invés da prática do sarau, que tende a aplaudir todas as leituras e tudo acolhe positivamente, e na contramão, também, das "críticas culinárias" de que falava Brecht, que se limitam a degustar o que está bom e ruim em cada obra, a "lanternagem" abre o poema em uma esfera autoral coletiva, que desrespeita a sua forma "pronta e acabada". Ela traz o poema ao alcance e ao toque do vulgo. Essa prática estimula nos participantes uma recepção ativa dos poemas. De tal maneira que a crítica se desloca da forma acabada e "aparente" do poema para a sua esfera "maquinal", ou seja, para o ideal do poema. No entanto, como na Oficina não há um centro de poder, porque não há um centro de saber nem de fala (todos nós nos entendemos como em formação coletiva), independentemente do local que ocupamos em certas esferas da vida, esse "ideal" do poema é puramente singular: em uma "lanternagem", um mesmo poema conhece uma porção de "ideais", isto é, uma porção de poemas que "poderiam ter sido", na mão de cada leitor individual. A força crítica que nasce aí funciona menos como avaliação e desdobramento do poema feito, e mais como invenção de possibilidades no seio do próprio poema. Nesse sentido, mesmo a recepção do cânone se torna ativa, ou melhor, vulgar.

Todos nós nos tornamos um pouco vulgares na oficina. Esse é o principal efeito da "virada vulgar" pela qual eu mesmo venho passando. Além de ter me ligado mais, recentemente, às práticas corporais (este ano comecei a correr, por exemplo), tenho acrescentado, progressivamente, todos os gêneros musicais considerados "baixos" às minhas *playlists* diárias: o funk e o axé, particularmente, têm me acompanhado não só em festas, como nas práticas literárias — tenho de fato estudado a sua forma e a sua produção de efeitos, embora não tenha produzido funks nem afro-sambas. Posso falar disso melhor, e com a seriedade que merece, depois, mas há dois efeitos ainda mais curiosos com essa "vulgarização poética" proporcionada pelo coletivo.

O primeiro deles é uma certa "impostura" quando sentados à mesa da tradição. Não se trata de nenhum ataque, nem de uma sabotagem. Mas o nosso acesso a ela se torna vulgar, ligado ao uso, desrespeitando as margens de segurança museológicas que costumam nos separar de quem admiramos. Por exemplo, há exatamente um ano, organizamos um dia de trabalho chamado "eu leio gente morta", seguido de outro, "eu mexo com gente morta", cujo intuito era o de, na onda dos processos de "lanternagem", editar e reconfigurar uma obra de algum autor morto. No meu caso, transformei em "paisagem" verbal o poema "Paisagem pelo telefone" de João Cabral de Melo Neto. E todo mundo sabe que com João Cabral não se mexe...

Mas o efeito mais importante, talvez, dessa vulgarização, e chego aqui a alguma conclusão, é a constante "incorporação" dos poemas à vida de todos nós. O coletivo passa a ser assim uma máquina crítica que incorpora suas leituras ao dia a dia. Ana, por exemplo, sempre incorpora as falas de Stella do Patrocínio à sua própria: meses atrás, após quebrar uma taça, Ana me explicou: "Rafa, não tô pensando bem pensado." E também já disse "tenho quebrado copos, é o que tenho feito" (de Ana Martins Marques) para me relatar algum estado nervoso. Duda, por outro lado, incorporou a expressão "porcossauro" (de Bruno Brum) como classificação de certas pessoas ou situações da vida que pudessem se assemelhar a animais absurdos. Outra vez foi o Gui, ao falar de um amigo que reatou com a companheira, que brincou que o tal "não voltou místico nem religioso/voltou sentimental" (Eucanaã Ferraz). Eu entendi tudo. O Luiz Guilherme casou com a Jessica, e disse que, quando perguntassem o sexo do bebê que um dia virá, se menino ou menina, responderia como Ricardo Aleixo: "menino não, menino não, era mais um era mais um era mais um... felino".

De modo que uma possível vulgarização da crítica tem menos a ver com a "facilitação" de certos conteúdos da poesia, e mais com a sua incorporação na carne do comum. Mas, como isso não se adivinha com meia dúzia de *insights*, termino a minha fala por aqui, perguntando de que forma, e com que práticas, essa vulgarização pode não só expandir como transformar e transvalorar os recursos, a lente e as armas da crítica contemporânea; o que poderia, por exemplo, hoje, um coletivo de crítica?

STELLA DO PATROCÍNIO E ARISTÓTELES

Fragmentos para uma zoopolítica e uma incomunidade

"Muitas obras dos antigos acabaram como fragmentos. Muitas obras dos modernos já nascem assim" (SCHLEGEL, 1994, p. 93). A sentença é de Friedrich Schlegel (em *Conversa sobre poesia*, na tradução de Victor-Pierre Stirnimann). O romântico alemão se referia, simultaneamente, a uma situação histórica (o modo como o passado nos chega — por exemplo, o espólio fragmentado e parcial da obra de Aristóteles) e a uma situação das formas da arte historicamente situadas (a escolha, consciente, de autores da modernidade — como Machado de Assis e seu icônico *Memórias póstumas de Brás Cubas* — de compor as suas obras não como totalidades fechadas, mas com a força da composição dos fragmentos, e sua relação com uma sensibilidade eminentemente moderna).

A distinção se torna difícil de se sustentar quando confrontada com o que resta da tradição dos oprimidos. Se a obra dos antigos se fragmenta até o presente nas convulsões da história, a obra dos oprimidos, de todas as épocas, não tem direito reconhecido à "totalidade". Somente a muito custo ela se torna uma "opção".

*

A história chega apenas pelos seus vestígios. Dizer isso não é novo. Todo movimento de investigação do passado é um gesto de reconstrução do passado. Na *Poética*, Aristóteles afirmava a diferença entre o historiador e o poeta: o primeiro falaria das coisas que de fato aconteceram; o segundo, das que poderiam ter acontecido. Um historiador atento à materialidade da história — um historiador materialista, diríamos — não encarna nem o primeiro nem o segundo personagem: fala das coisas como elas *não* aconteceram, fala das coisas de um ponto de vista que *não* toma como evidente que elas poderiam ter acontecido.

O passado não é fato, não está fixado em seus documentos. A história não apenas chega somente pelos seus vestígios, como nasce deles, brota sempre novamente, com os pobres nutrientes do presente. Então o passado não é tampouco ficção: ele é esse encontro em *flashes* entre o presente, o ocorrido e o que não pôde ocorrer. Passado e presente são dois polos de um mesmo fenômeno.

Este fragmento sobre Aristóteles e Stella do Patrocínio não fala deles em si. Só os conhece por meio de lampejos.

*

Stella do Patrocínio chega apenas pelos seus vestígios. Tentar capturá-la "tal como ela de fato teria sido" seria ceder ao fato como ficção, e à ficção como fato. O documento recente mais importante sobre a sua história é a dissertação de mestrado de Anna Carolina Vicentini Zacharias — no entanto, não porque satisfaria uma demanda por recuperação de uma vida "tal como ela de fato teria se dado", costurando os vestígios em uma armação "fiel" à vida de Stella do Patrocínio. Mas porque resgata mais vestígios seus e os multiplica, feito uma câmara de ecos, em que o falatório dessa mulher, que viveu mais da metade de sua vida internada à força (mais precisamente, desde 1962, quando tinha 21 anos, até a sua morte em 1992), amplia-se, manifesta-se e dirige-se aos nossos ouvidos.

E é Zacharias quem reconhece, em seu trabalho intitulado *Stella do Patrocínio: da internação voluntária à poesia brasileira*:

> tenho ciência de que eu também estou envolvida na trama que tece ou desfia narrativas a respeito de Stella do Patrocínio. Sei que me é impossível escapar de ser mais uma a contar a história de Stella, mesmo com os cuidados aqui expressos. Pois vasculhar as produções discursivas sobre ela também é, grosso modo, averiguar como esse sujeito foi formulado, reiterando, propondo desconstruções ou reconstruções. (ZACHARIAS, 2020, p. 26)

*

Entre junho e julho de 2020, em meio à pandemia do coronavírus, ofereci uma oficina chamada *Poesia e animalidade*, resultado de uma série de cursos e pesquisas que conduzi desde 2014. Propus a oficina no bojo da hipótese que sustento há algum tempo, de que devemos acrescentar ao conceito de zoopoética, que caracteriza um conjunto de objetos literários que lidam com a questão animal, o conceito auxiliar de zoopolítica. Por que proponho isso? Porque me parece que a história dos animais na literatura não conhece apenas a sua presença como tema — e de seus pontos de vista e de nossas fantasias sobre a vida zoo, em nossos discursos poéticos — como também nos convoca (e com toda a força o fazem textos como *A vida dos animais*, de Coetzee) a uma reorganização do modo como conduzimos os assuntos em nossas cidades e ajuntamentos humanos em função da lida com a questão animal. Em outras palavras, a zoopoética é um vasto campo temático em que se explicitam diferentes zoopolíticas, isto é, a reinformação dos saberes e das práticas políticas por meio da revisitação da (suposta) vida animal.

A esse propósito, a intuição primordial dessa distinção está em Maria Esther Maciel, a principal referência no Brasil para pensar a zooliteratura. Cf. por exemplo seu artigo "Zoopoéticas contemporâneas" na revista *Remate de Males* de julho/dezembro de 2007:

> Sabe-se que o esforço de entrar no espaço mais intrínseco da vida animal nunca deixou de desafiar poetas e escritores de todos os tempos e tradições. Seja através da sondagem (por vezes erudita) do comportamento e dos traços constitutivos dos bichos de várias espécies, realidades e irrealidades, seja através da encenação de um vínculo afetivo com eles, ou da tentativa de antropomorfizá-los e convertê-los em metáforas do humano, muitos foram e são os autores voltados para a prática do que se nomeia hoje de zooliteratura. Ao que se somam ainda aqueles escritores que, avessos à ideia de circunscrever os bichos aos limites da mera representação, buscaram flagrá-los também fora desses contornos, optando por uma espécie de compromisso ou de aliança com eles. Neste caso, cada animal — tomado em sua insubstituível singularidade — passa a ser visto como um sujeito dotado de inteligência, sensibilidade, competências e saberes diferenciados sobre o mundo, como o boi de Drummond. (MACIEL, 2007, p. 177-178)

E é a Derrida que devemos a tomada contemporânea do conceito de zoopoética, quando se refere aos animais em Kafka em *O animal que logo sou*.

*

Decidi introduzir os encontros dessa oficina de 2020, que se destinava à *escrita* de *poesia* (a partir das relações possíveis com os animais), com dois documentos que se distanciavam, a princípio, justa e respectivamente da escrita e da poesia: algumas *falas* de Stella do Patrocínio, que se podem ouvir no curta "Stela do Patrocínio: a mulher que falava coisas", de 2006, dirigido por Marcio de Andrade; e um trecho da *Política* de Aristóteles, mais precisamente aquele em que se qualifica o ser humano como um *zōon politikōn*, um animal político. Comecemos por este último:

> A razão pela qual o homem, mais do que uma abelha ou um animal gregário, é um ser vivo político em sentido pleno, é óbvia. A natureza, conforme dizemos, não faz nada ao desbarato, e só o homem, de entre todos os seres vivos, possui a palavra. Assim, enquanto a voz

> indica prazer ou sofrimento, e nesse sentido é também atributo de outros animais (cuja natureza também atinge sensações de dor e de prazer e é capaz de as indicar), o discurso, por outro lado, serve para tornar claro o útil e o prejudicial e, por conseguinte, o justo e o injusto. É que, perante os outros seres vivos, o homem tem as suas peculiaridades: só ele sente o bem e o mal, o justo e o injusto; é a comunidade destes sentimentos que produz a família e a cidade. [1253a] (ARISTÓTELES, 1998. p. 55)

A palavra de que dispõe o ser humano é o *lógos*. Para Aristóteles, ele não se distingue dos outros animais porque pode se comunicar, ou porque é capaz de criar símbolos — começa a se distinguir dos outros animais quando é capaz de *lógos*, isto é, quando é capaz de uma palavra que discerne as coisas, para além da simples indicação do prazer ou do sofrimento. É capaz não apenas de comunicar o que sente, como também pode emitir um juízo — qualificar o que sente. Argumenta Aristóteles que o juízo que concerne ao *lógos*, ao nosso discurso, humano, é o que nos separa da mera indicação de prazer e desprazer, nos animais, e nos possibilita a peculiaridade de sentir o bem e o mal, o justo e o injusto.

Porque é capaz de mensurar, medir, qualificar, com o *lógos*, o ser humano é capaz de produzir uma *comunidade* de sentimentos — é dessa comunidade, dessa partilha de sentimentos, que podem ser qualificados, que nasce a família e, por extensão, a cidade. É o juízo que produz a *comunidade*.

*

(É do *lógos* também que provêm os manicômios; as prisões; as torturas; a administração da morte; o projeto colonizador; os holocaustos; a engenharia da guerra — essa é a história contada por Adorno e Horkheimer na *Dialética do esclarecimento*, que situa em Odisseu, o herói homérico, o início da história da razão instrumental, com a qual o ser humano não tenta apenas se distinguir da natureza como também dominá-la.)

*

Além das falas do documentário, transcrevi alguns fragmentos do falatório de Stella do Patrocínio para serem lidos numa espécie de curto-circuito histórico com o trecho da *Política* de Aristóteles na oficina *Poesia e animalidade*. Foram extraídos do livro *Reino dos bichos e dos animais*, organizado por Viviane Mosé, publicado pela editora Azougue em 2000. Para a reconstituição histórica da gravação, por Carla Guagliardi, das falas de Stella do Patrocínio, na Colônia Juliano Moreira de Jacarepaguá, no Rio de Janeiro, e sua posterior compilação por Mosé na edição da Azougue, bem como os desdobramentos desse gesto de inserção de Patrocínio na poesia brasileira, cf. a dissertação já aludida de Anna Carolina Vicentini Zacharias, apresentada ao Instituto de Estudos da Linguagem da Unicamp, no início de 2020. Quem me apresentou a essa dissertação foi a poeta Natasha Felix.

Publicadas como poesia, as falas foram versificadas por Mosé. Transcrevo aqui como apresentei os falatórios na oficina, sem a versificação da publicação (na ocasião, justifiquei para os alunos da seguinte forma: não é o verso que qualifica ou não um documento como poético — e, antes de qualificar o falatório, é preciso escutá-lo):

> ainda era Rio de Janeiro, Botafogo eu me confundi comendo pão eu perdi o óculos ele ficou com o óculos passou a língua no óculos para tratar o óculos com a língua ela na vigilância do pão sem poder ter o pão essa troca de sabedoria de ideia de esperteza dia tarde noite janeiro fevereiro dezembro fico pastando no pasto à vontade um homem chamado cavalo é o meu nome o bom pastor dá a vida pelas ovelhas (PATROCÍNIO, 2000, p. 50)
> (...)
> meu nome verdadeiro é caixão enterro cemitério defunto cadáver esqueleto humano asilo de velhos hospital de tudo quanto é doença hospício mundo dos bichos e dos animais os animais: dinossauro camelo onça tigre leão dinossauro macacos girafas tartarugas reino dos bichos e dos animais (PATROCÍNIO, 2000, p. 83)

> (...)
> eu não sei como pode formar uma cabeça um olho enxergando nariz respirando boca com dentes orelhas ouvindo vozes pele carne ossos altura largura força pra ter força o que é preciso fazer? é preciso tomar vitamina (PATROCÍNIO, 2000, p. 118)

O primeiro trecho se refere a um depoimento de Stella do Patrocínio sobre os episódios que resultariam na sua internação compulsória. Nele, a vida antes da internação aparece sob o signo da vigilância. O mundo do juízo *é* o mundo da vigilância. A organização da cidade depende desse olho e dessa força de ordem. E o que se opõe a isso? Um tempo confuso (a reunião das horas e dos meses do ano), a alimentação sem vigilância ("à vontade") no pasto, que resultam numa "confusão à vontade" da reunião do elemento da indústria cultural (o título do longa metragem *western*, de 1970, dirigido por Elliot Silverstein, *Um homem chamado cavalo*) com a imagem religiosa do pastor que dá a vida pelas ovelhas (uma imagem de verdadeiro cuidado, e não de vigilância, com a vida dos outros animais).

O segundo trecho confunde os pontos de vista da morte e da vida dos outros animais, a um só tempo denunciando a necropolítica (isto é, para falar com Achille Mbembe, a produção de morte inerente à própria organização política moderna) que a encarcerara e a condenara a uma vida miserável, e igualando o destino de sua vida e daquelas que escapam ao suposto "juízo" da ordem hegemônica (os desajuizados, desregulados, desmedidos) ao dos animais em situação de extermínio, extinção ou de encarceramento.

A ambivalência dos dois trechos se transforma em ambiguidade no terceiro. Aqui, é possível interpretar a força que forma e anima o corpo tanto sob o signo de uma vigilância internalizada quanto à maneira de um espanto com o desligamento da força da existência com a consciência. De toda forma, a vida consciente se desliga do "eu", que é constituído mais em seu não-saber fundamental que em suas faculdades de ordenamento e controle.

*

(Em meu computador encontro um arquivo intitulado "Rascunhos Oficina Poesia e animalidade.doc", e uma entrada que acusa "7 ago[sto de 2020]": "O falatório em SP é o lugar da ambiguidade entre a materialidade da voz e a simbologia da fala comunicante. Lugar: porque parece que SP habita o falatório. Não o possui, como uma ferramenta (como é o *lógos* para o sujeito da razão instrumental), mas o habita. Seria mais correto dizer que o falatório a possui. Assim, a força que comanda seu corpo, da qual Stella fala, talvez não seja só a força repressiva do manicômio — deve ser distinguida da força que a *anima*. O falatório é um corpo, habitá-lo é uma alma".)

*

O que o falatório de Stella do Patrocínio produz quando colocado lado a lado com o célebre fragmento da *Política* de Aristóteles? As longas listas que faz Patrocínio — de dias da semana, de animais, de acontecimentos —, que sustentam a confusão do tempo, do espaço e dos seres, parecem colocar a possibilidade de uma reunião a partir de outro parâmetro da vida *em comum*. A *comunidade* não é a de uma semelhança dos sentimentos, que podem ser qualificados com o juízo, mas de uma dessemelhança dos corpos e das formas de sentir. Não se trata tanto de uma vida *em comum*, mas de uma vida *incomum*. Não uma comunidade de sentimentos, mas uma *in*comunidade.

O prefixo *in-* é de suma importância nessa redefinição da vida que se vive junto. Possui ele próprio a ambivalência de uma negação, como em "incompleto", "infrutífero", "inexistente", e de uma participação — mais precisamente designando um movimento para dentro, como em "induzir", "influir", "inalar". Incomunidade pode marcar assim a vida comum sublinhando a emergência do incomum como fundamento da comunidade. O que temos em comum, todos nós, é o fato de que somos incomuns.

Esta é talvez uma lição do falatório de Stella do Patrocínio que não podemos ignorar: podemos forjar laços e alianças (famílias) que façam justiça ao fato de que somos seres incomuns. Pouco importa o que distingue um ser humano dos outros animais como fundamento de protagonismo político: é a própria diferença que se coloca como categoria primordial da política. Desse ponto de vista, tudo que é incomum (no limite, todas as coisas do mundo) tem direitos na incomunidade.

Nesse sentido, seria possível designar para a crítica política a tarefa de investigar uma zoopolítica, uma litopolítica, uma xilopolítica e assim por diante, até que todas as coisas que existem pudessem reclamar direito de cidadania nessa polipolítica por vir.

Mais que um jogo de palavras com a palavra política, isso reinventa a política para além do *lógos*. Quer dizer, a razão deixa de ser a instância mediadora e o critério para o reconhecimento de direitos, desqualificando, no cerne, aquilo que autoriza o sujeito na posição de domínio sobre outras pessoas, seres, coisas.

A desmedida ou o desajuizamento, a recusa ao jogo da fixação das distinções, concretiza-se com mais força na ambivalência e na palavra ambígua. Não basta a transvaloração dos valores para desfazer a comunidade dos sentimentos hegemônica; é preciso anular não as distinções em si, mas o jogo ontologizador das distinções. Desse ponto de vista, a distinção é uma situação discursiva das coisas, não a sua realidade. A palavra ambígua revisita o mundo das coisas em um estado pré-distintivo: dessa maneira, faz justiça à sua diferença, e não à comunidade em uma classificação tipificadora. Há um poema de Charles Baudelaire que confere essa força disruptiva das distinções no próprio sol. Transcrevo aqui em minha tradução.

O Sol

Pelos velhos subúrbios, nos quais os casebres
abrigam em cortinas secretos prazeres

enquanto o sol cruel perfura com traçado
a cidade e a campina, o telhado e o arado,
exerço a sós a minha fantástica esgrima,
cheirando em todo canto uma chance de rima,
tombando nas palavras como nos sobrados,
e chocando por vezes com versos [*vers*] sonhados.

Rival da palidez, este pai sempre alerta
o verme [*vers*] como a rosa no campo desperta,
evapora a moléstia no verso [*vers*] do céu,
e ao cérebro e à colmeia ele enche de mel.
É ele que faz jovens os envelhecidos
e lhes dá a doçura dos recém-nascidos,
e comanda à lavoura a madurar e crescer
no imortal coração, que ainda quer florescer!

Quando, feito um poeta, ele desce às cidades
dignifica a sina das vulgaridades,
e irrompe feito um rei, sem ruído ou criado
em qualquer hospital ou em qualquer condado.

(Tradução do autor)

No poema, ser poeta é ser ambíguo. Perfurar com seus golpes de esgrima tanto a cidade como a campina (1ª estrofe). Acordar tanto a rosa como o verme: a própria palavra que designa verme, aqui, é ambígua, já que pode se referir a verso — *vers* — o que de fato ela significa na linha seguinte (2ª estrofe). Ser poeta é o sol descendo às cidades para dignificar aquilo que é vulgar, tanto em hospitais quanto em condados (3ª estrofe). Por fim, o sol não iguala as coisas, mas convive com todas igualmente. Não é que as coisas sigam indistintas, mas a própria distinção não se apoia em predicados ontologizantes. A comunidade que o sol visita se torna assim um espaço comum em que convivem as coisas incomuns.

A ambivalência é o dispositivo discursivo da passagem da vida *em comum* para uma vida *incomum*. Em Stella do Patrocínio, muitas vezes esse dispositivo se concentra na imagem da família. Simultaneamente passado e presente, abandono e vigilância, pessoas e animais, desconfiança e confiança.

Na dissertação de Zacharias, podemos ler uma pequena síntese disso na transcrição de uma conversa entre Carla Guagliardi (CG) e Stella do Patrocínio (SP), em que lemos os dois trechos:

> CG: Anh.... cê quer matar a família, né, Stella?
> SP: Matar a família toda, que passa um carro, bote tudo morto e vá pra longe.
> CG: E quem é essa família, teu pai, tua mãe?
> SP: Não, é essa família que tá morando e me perseguindo aqui no Teixeira.
> CG: Ah, tá. Quem é que tá te perseguindo aqui?
> SP: Olha quantos estão comigo. Tão sozinhos, estão fingindo que tão sozinhos pra poder tá comigo.
> (...)
> SP: É aparelho armas e máquinas. Bronze chumbo ferro aço enigmático. Meio de transporte: ônibus lotação trem avião bicicleta e motocicleta. Eu trabalho de cabeça larga maior do que a parede do que a varanda do que o prédio do que o mundo familiar, boto o mundo familiar todo dentro, subo da explosão desço da explosão, como correnteza e mais do que monstro eletrônico, elétricos e automático. Quando o sol penetra no dia, dá um dia de sol muito bonito, muito belo. (PATROCÍNIO apud ZACHARIAS, 2020, p. 330-332)

II

POESIA E POLÍTICA

QUASE ENIGMA[1]

Dois livros de Edimilson de Almeida Pereira entre a poesia e o pensamento

Se concordarmos com Ezra Pound, quando o poeta afirma que existem três dimensões fundamentais da poesia, teremos noção do lugar incomum que Edimilson de Almeida Pereira ocupa na poesia brasileira hoje. Para Pound, deve-se distinguir a *fanopeia* (realização poética por meio da condensação de imagens) da *melopeia* (que opera por meio da condensação de sons) e da *logopeia* (a operação poética da condensação do discurso e do pensamento). Divididas majoritariamente entre a criação de imagens e a construção sonora, no Brasil, hoje, a poesia-pensamento e a poesia-discurso figuram em poucos casos, e em uma família de poemas tão diversos e com projetos tão distantes tais como em alguns poemas de Angélica Freitas, em quase toda a obra de Leonardo Fróes, nos últimos trabalhos de Marília Garcia (nesses três primeiros casos, articula-se o pensamento e o discurso com a criação de imagens), em todo o projeto de Alberto Pucheu, em alguns poemas de Ricardo Aleixo e na poesia de Glauco Mattoso. No caso de Aleixo e, principalmente, no de Mattoso, a arquitetura sonora se encontra diretamente com o discurso e com o pensamento — no primeiro caso, essa mistura resulta em nova mitologia (herdeira das ruas mais que de deuses), no segundo, em sátira. Também em *E*, de Edimilson de Almeida, logopeia e melopeia se encontram, embora

[1] Originalmente publicado no jornal *Rascunho*, em maio de 2018.

a primeira predomine sobre a segunda, enfraquecida; seja como for, entre todos os casos citados, somente no caso de Edimilson a força do enigma penetrou inteiramente a forma dos poemas.

Em "Estranha Fruta", por exemplo, o enigma se arma a cada estrofe. Como na última, que afirma: "Ao sul do sul, a amarga colheita/ainda gera receita./Mas, de tanto exaurir o fruto/as mãos queimam-se junto." (PEREIRA, 2017a, p. 45). E tal como a metragem de cada verso é autônoma, apesar da rima, o enigma não se fecha, apesar da aparência. É claro, pode-se supor o seu caminho: "Ao sul do sul, a amarga colheita" pode remeter à divisão do mundo entre colonizadores, do hemisfério norte, e colonizados, do hemisfério sul, e o sul do sul pode querer dizer dos povos escravizados, entre os colonizados, que se configuram como mais danificados entre os danificados — daí a amarga colheita. Pode-se supor que "ainda gera receita" refira-se à permanência da situação colonial e escravagista após a colonização e a escravidão. Mas a continuação da estrofe permite muito pouca especulação: que fruto é exaurido? que mãos se queimam junto? as do norte e as do sul? somente as do sul? de qual sul? do sul do sul? e se queimam-se junto, onde a divisão?

Enigma *defeituoso*, quase enigma, os poemas de *E*, livro de Edimilson que veio a público em 2017, recuperam as qualidades oraculares da poesia, menos ao sugerir os futuros do escritor ou do leitor e mais ao suscitar as perguntas mais fundamentais diante do verso. Que é isto que estou lendo? É uma pergunta que só se torna verdadeiramente possível em uma poesia *logopaica* — isto é, articulada pelos recursos do pensamento e do discurso — e que só permanece como pergunta porque o enigma se estrutura na sua quase forma. A condensação de imagens, pouco utilizada pelos poemas, cresce nas obras plásticas de Antônio Sérgio Moreira, que acompanham a edição de *E*, e são também quase formas, de cores vibrantes e linhas e setas que parecem, a princípio, orientar, mas que no fundo não dão em lugar algum — nem mesmo redundam nas próprias imagens.

Quase enigma e quase forma — a função exercida por um "quase" é também o ponto central do livro publicado no mesmo ano por Edimilson, *qvasi: segundo caderno*, volume subdividido, não por acaso, nas três partes intituladas "Teoremas", "Missivas" e "Letrados". É nessa última que se realiza mais plenamente a poesia-pensamento de Edimilson. A força teórica de seus poemas é invocada como força indireta, que age primeiro sobre elementos poéticos e depois provoca a reflexão. Por exemplo, na parte dos "Letrados", fala-se da vida alheia para se compreender o mundo (o equilíbrio das coisas, a finitude). Como em "Durvalino. Das Abelhas":

> sabe-se, fazem
> o necessário
> para não turvar
> o cântaro.
>
> De quem as cuida,
> no entanto,
> tenta-se, como o diabo,
>
> decifrar por que
> furta de si
> o equilíbrio.
> Na passagem
>
> do tempo tudo
> se cumpre,
> porém, a fiar-se nisso
> morre-se. (PEREIRA, 2017b, p. 77)

Para Guilherme Gontijo Flores, "Letrados" é "uma série de figuras que, por mais de metade do livro, instabilizam o espaço coletivo, entre humanos e animais, num movimento hesitante" (apud PEREIRA, 2017b, orelha). Quase humanos, quase animais, num espaço quase coletivo. No entremeio do ensaio e da poesia, no quase — no como se —, a metáfora se articula na forma dos estilos. Com isso se quer dizer que a força metafórica de

Edimilson está menos nas comparações entre elementos que intercambiam qualidades (de seres humanos e de animais, por exemplo) e mais no transporte de elementos formais pertencentes a diferentes gêneros. É também um alto risco que se corre: o da incompreensibilidade. Semelhantemente à imagem de Baudelaire evocada por Sartre, de um poeta separado das coisas por uma cortina de neblina, o mundo de Edimilson não é translúcido, e as coisas se apresentam sob um véu que, sem nomeação, também impede qualquer batismo.

Edimilson de Almeida Pereira está na sexta década de sua vida, com uma dedicação sem precedentes à poesia, ao ensaio, ao ensino de literatura, aos livros infanto-juvenis — *E* e *qvasi* ajudam-nos a compreender essa trajetória. Não são tanto livros para serem lidos em função da história da literatura e de sua biografia — justamente o contrário. Devemos ver como esses livros leem a sua trajetória e a história da literatura. Essa leitura deriva de uma constatação: o divórcio da poesia com o pensamento, com a sua consequente nostalgia e vontade de reencontro. Pois a magia da palavra e a vidência do pensamento nem sempre estiveram separadas. Seria preciso investigar o quanto esse processo tem como pré-história a ascendência social da burguesia e a consequente instrumentalização do mundo, as mudanças sofridas nas artes dramáticas e o *Discurso do método*.

Seja como for, espécies místicas — tanto as da poesia quanto as do pensamento — apostam em uma reunião das duas esferas, apartadas pela modernidade e, principalmente, pela história da ciência e da escravidão modernas. Edimilson, no entanto, parece perceber que a ilusão de reunião dessas esferas nas imagens singulares de poetas permanece como solução mentirosa. Aposta, ao invés disso, no transporte dos estilos. O que nasce desse procedimento, mais que uma teoria fabricada em versos, é uma quase teoria, da qual quase conseguimos tirar diretrizes. Em *E*:

O que oferecer ao inimigo?
    A sua carcaça
   dele.

O que não tirar ao inimigo?
Os seus olhos.
Num osso côncavo
cabe
o mundo. (PEREIRA, 2017a, p. 99)

E em *qvasi*:

o portão e a cerca tirados
de sua ordem,
isso é a família

a árvore da fala e o guardião
apodrecidos,
isso é a família

a mulher que lhe deu o filho
teme os ratos,
isso é a família —

lã
fora do novelo
que alinha o esqueleto (PEREIRA, 2017b, p. 69)

Quase enigma: enquanto produtor de *enigmas defeituosos*, Edimilson é também um articulador teórico em um *mundo defeituoso*. Nesse mundo, destruído pela razão instrumental e pela história da dominação, a perfeição da teoria ou da poesia talvez seja o que há de mais infértil na tarefa de sua superação. Na contramão das ideias claras e distintas do esclarecimento, nas quais se nutriram, nos últimos séculos, as sementes da sujeição, cultivam-se, em poetas como Edimilson, imagens mais confusas, nas quais se nutre, talvez, alguma esperança de empretecimento.

SEM JUÍZO NENHUM[1]

A poesia endividada de Lucas Matos

A literatura se depara frequentemente com o problema da produção ou da exposição de uma vida. Isso diz respeito, inclusive, às artes verbais clássicas, entre as quais a épica se perguntava pelo valor de uma vida, a tragédia, pelo destino de uma vida e a lírica, pelo sentido de uma vida. Na indecisão entre produção e exposição, fica implícito o problema da relação da literatura com a vida mesma: escrever produz um corpo (isto é, presentifica uma vida) ou re-apresenta o seu valor, o seu destino, o seu sentido (isto é, aponta para a sua distância)?

É curioso notar como as práticas detetivescas, as artes verbais policiais, apostam na união das duas atitudes. A atitude investigativa aponta a distância de uma vida ao procurar e apresentar seus indícios (os do criminoso ou os da vítima) ao mesmo tempo em que produz, com o mesmo gesto, essa vida: de forma suave, com a prática do retrato falado, por exemplo (cada vez mais realista e mais precisa com a ajuda das ferramentas de reconhecimento facial), e que tem no relato a distância e a produção de um rosto; ou violenta, com a prática do interrogatório e da tortura. O que é o mesmo que dizer que a polícia opera perseguindo indícios, uma operação que produz uma vida culpada.

---

[1] Texto com pequenas modificações, apresentado no simpósio "Poesia contra polícia", organizado por Gustavo Silveira Riberiro e Tiago Guilherme pinheiro, na XV ABRALIC, em 2017. Depois publicado na revista *escamandro*, em junho de 2018.

De volta ao problema fundamental da exposição ou da produção de uma vida na literatura, o fato é que ele remete ao problema mais amplo da aparência e da essência, ou ainda, do corpo e da alma. Na poética da presença, a produção de um corpo, de uma materialidade qualquer, é *valorizada*, enquanto na poética dos indícios a distância do mundo material aponta para a sua ausência na língua, e para a presença, nela, de seus *valores*. O seguinte poema, de Lucas Matos, atesta uma revolta contra o *valor*:

> Depois de ler um livro sobre aprender a se amar e a se dar valor
>
> me odeio às segundas
> porque não sou magra
> e me odeio às quartas
> porque nunca tem
> dinheiro para o aluguel
> aos domingos me odeio
> porque tenho preguiça
> posso me odiar
> nas noites de sábado
> por muitos motivos
>
> me odeio dormindo
> me odeio desperta
> me odeio tomando café
> me odeio enquanto escovo
> dentes cabelos pelos
> da minha gata
>
> me odeio muito
> quando tenho cólica
> me odeio na sala
> na cozinha no quarto
> já me odiei na cama
> no sofá em cima da mesa
> no lustre eu já me odiei
> em todos os cantos da casa

> às vezes me odeio por ler
> livros sobre aprender
> a se amar e se dar
> valor se eu soubesse
> me amar e me dar
> valor eu não lia
> eu me amava
> eu me dava valor (MATOS, 2015, p. 23-24)

O poema integra "A história de Marianne K.", a primeira de três séries do livro *Três semblantes*. Trata-se da vida de Marianne K., uma mulher endividada, dividida entre momentos de estupefação e extrema lucidez, e que tem a sua história narrada a partir de poemas que misturam os registros épico, dramático e lírico. No entanto, Marianne K. mesma, seu corpo ou sua alma, sua aparência ou sua essência, não se apresentam. No poema "Perguntas que podem ser feitas por para ou sobre Marianne K.", o leitor que procurar o caráter da personagem sairá de mãos vazias. Encontrará apenas perguntas como: "marianne k. nasceu no brasil? se sim que língua ela fala? ela fala?/marianne k. sabe distinguir as frases: 'vou te mandar a real' e 'vou te mandar uns reais'? você pode explicar a distinção entre elas?/o rei pelé reina onde? o rei roberto? marianne é a rainha dos baixinhos?/mairanne k. se chama marianne k. porque antes dela vieram: marianne a., marianne b., marianne c., assim por diante?" (Ibidem, p. 17). O jogo cômico de chistes, como a brincadeira entre "o real" e "a real", estabelece um espaço virtual entre o dinheiro e o juízo em que um defeito comunicativo se insurge contra a condição devedora ou culpada. Um jogo de semelhanças dos significantes aponta para a farsa dos significados.

O leitor não tem sorte, portanto, ao procurar o caráter de Marianne K.; também não encontrará qualquer coisa como um corpo. Na "Breve descrição de Marianne K.", verá sentenças como: "se fosse um lugar no rio de janeiro se entrava em marianne/dobrando à esquerda no final do rio comprido/quando encontrar marianne diga oi piscando o olho esquerdo/aos sábados prefira o direito/marianne estudou direito dois meses na federal/se fosse uma droga diriam que marianne leva a outras mais pesadas" (Ibidem, p. 26) etc. Marianne K., assim como as outras personagens do livro de Lucas, não nos é apresentada, não se aproxima do texto, nem é apontada por ele, de longe. O que se produz nesses poemas são "semblantes", vagas e vazias fisionomias, cujos traços não podiam se distanciar mais do que chamamos de retrato falado; são, antes, falas retratadas, formas verbais em estado de enunciação.

Marianne K. não é uma personagem, é um semblante. Ela não nasce de uma caracterização, da construção, mais ou menos harmoniosa, de indícios que se comunicam em uma unidade. Ela se origina de um descontrole dos mecanismos de dívida e de culpa, que se comunicam na diversidade que produzem por meio do deslizamento dos significados nos significantes, por meio dos chistes, das piadas e das analogias. Não poderíamos inventar uma biografia de Marianne K., descobrir pai e mãe. Quando muito, podemos apontar qualquer parentesco com Kafka, não apenas pela cifra de seu sobrenome, mas também em sua condição de réu e em sua situação de fracasso.

Os correios

olha eu não sei te dizer como
olha eu não sei como te dizer
nos últimos meses eu recebi cartas
não eram postais não vinham
escritas a mão com dizeres como
aqui no porto a vida real
não é bonita
cartas não muito sucintas
cartas não muito extensas
os meses passando
nos últimos meses eu recebi cartas
uma atrás da outra
todas as cartas eu guardei

todas as quartas antes do café
acordo e digo
dia de botar ordem na vida
dia de botar essas cartas em dia (...)

eu e eu e não devia te dizer
os bancos não me amam mais
os bancos não me amam mais
eles não têm mais sorrisos
palavras polidas pra mim
se você visse o jeito
como os gerentes me olham

eu tenho quatro cartões
de crédito também
de plástico duro os cartões
com chips modernos
eu gosto de cartões de plástico
duro com chips modernos
eles são fáceis de usar
para comprar roupas
eles são fáceis de usar
para comprar comida e cigarros (...) (Ibidem, p. 11-12)

Em seus ensaios sobre Charles Baudelaire, Walter Benjamin expôs a relação entre punitivismo e a fixação dos traços que a fotografia proporcionou:

> Para a ciência criminal, a invenção da fotografia foi um passo tão importante como a invenção da imprensa para a literatura. A fotografia permite, pela primeira vez, fixar os vestígios de uma pessoa de forma inequívoca e definitiva. O romance policial nasce no momento em que essa conquista acaba com o estatuto incógnito do ser humano. Desde então, não se sabe até onde poderão ir os esforços de prendê-lo às suas ações e palavras. (BENJAMIN, 2015, p. 50)

Podemos dizer que Lucas Matos produz uma antifotografia, que desprende os vestígios de um semblante, produzindo equívoco e sentenças contestáveis.

Com isso, rompe-se a condição de possibilidade das "evidências sensíveis", isto é, a possibilidade de percepção homogênea do real. Os sentidos ficam livres para novas ficções: não é por acaso que todo o mundo de Marianne K. é construído sob o signo da dívida. Marianne chega mesmo a produzir teses, no livro, sobre a relação entre dívida e vida social, literatura, linguagem e mesmo cinema. Um acontecimento que é mero evento entre outros em uma vida ordinária — uma dívida com o banco, por exemplo — torna-se, na poética do semblante, o traço único de sua existência. Com isso, toda a vida passa a ser significada por um evento singular. Na história de Marianne K., o maior dos amores é construído a partir de relações de crédito:

> Une chanson (Alô? Está me ouvindo?)
>
> ninguém vai te amar
> tanto quanto o seu credor
> nem o pai nem a mãe
> e os filhos se você tiver
> vão te amar menos
> vão amar sempre menos
> ninguém vai te amar
> tanto quanto o seu credor
>
> a mãe está no hospital
> e é para você que ele
> liga no sábado de manhã
> ninguém vai te amar
> tanto quanto a esposa
> mandou uma carta
> para a amante tudo
> parece ir para as

cucuias e é o teu
email que ele procura

ninguém vai te amar
tanto quanto o seu credor (...) (MATOS, 2015, p. 21)

Trata-se de uma poesia política? A pergunta é insuficiente. Se por poesia política quisermos designar recursos de linguagem que denunciam uma injustiça social evidente, chegaremos à conclusão de que a poesia de Lucas Matos não é política. Suas enunciações não partem de qualquer evidência, mesmo que a propósito de injustiças. Trata-se, antes, de uma poesia que interfere diretamente em nosso sistema de evidências — e aí se encontra o seu coeficiente político. Sua ação não aponta para um mundo que os leitores não enxergam, mas desarticulam as estruturas de visibilidade e invisibilidade social, propondo uma interferência no que Jacques Rancière chamou de partilha do sensível.

Para Rancière, o estado policial se constrói juntamente com o consenso: polícia não é apenas a repressão armada, mas também a ficção de que existe uma continuidade entre os diferentes modos de percepção de um conjunto de pessoas. A ficção que prepara o consenso precisa homogeneizar a percepção coletiva, inventar a sua unidade, ignorar a descontinuidade entre os diferentes corpos que percebem os eventos e, com isso, apontar para a evidência de determinados dados irrefutáveis do real. Uma poesia que quisesse, portanto, opor a essa ficção a evidência de injustiças "ignoradas" pelo leitor apostaria na mesma lógica consensual da polícia — para Rancière, uma antipolítica por excelência. A política acontece no rompimento do consenso, quer dizer, na instauração de um espaço de dis-senso, em que novas percepções interferem na ficção do real. É no dissenso que sensibilidades antes ignoradas podem trazer à visibilidade o que socialmente é ignorado pelo consenso.

A poesia de *Três semblantes* não apenas evita, como fura o "bom senso", e é essa a função de seus delírios. Lucas não denuncia a injustiça do sistema de dívidas que afunda Marianne K., mas produz, a partir de um descontrole ficcional desse sistema, uma esfera de sensibilidade variada. É o que sugerem as diversas técnicas de equívoco produzidas pelo poema:

> Delírio branco de Marianne K. (quando o mundo acabar só sobrarão as dívidas e as baratas)
>
> galopo a dívida galopante
> devo como se deve e cada vez mais
> de modo devido em dívida
> já não posso pagar
> imposto
> já não posso pagar
> centavo
> já não posso pagar
> peitinho
> todo meu corpo alguém emprestou
> e peço mais e devo mais
> mais como se deve dever mais
> eles me emprestam mas eles não prestam
> me prendem em juros
> ninguém aceita juras
> ninguém quer amor
> em trocas não pago
> cigarro — fiados
> galopo a dívida galopante
> juro a juros de todos por cento
> dez mil anos não dava
> para saldar
> o país mais rico do mundo não bastava
> para saldar
> as dívidas bonitas
> bichinhos que aumentam
> de número sem que você perceba
> encoste em uma são duas
> tente beijar três são dez
> as dívidas mais rápidas que meus olhos

tão mais velozes
que minha cabeça
galopo as dívidas galopantes
somos milhões milhões de mil
animais em dívida (...) (Ibidem, p. 31-32)

Se, em Rancière, o dissenso é produzido "por meio da intervenção de uma instância de enunciação coletiva que redesenha o espaço das coisas comuns" (RANCIÈRE, 2012, p. 59), na poética do semblante de Lucas Matos o dissenso surge pela multiplicação do fracasso. Marianne K. está endividada, e mostra um mundo fracassado porque imerso em um sistema de credores e devedores. O fracasso figura como arquitetura do semblante, na mesma medida em que o sucesso é o arquiteto do sujeito moderno.

Três semblantes tem dois outros títulos: "no meio da piada você percebe: ninguém vai achar graça" e "para cada sentença clara há um engano"; os títulos alternativos sinalizam não tanto para uma imagem quanto para sentenças, cômicas ou sérias, enunciadas. Isso significa que os poemas não se propõem a desenhar retratos falados, mas a mostrar falas retratadas, isto é, situações de fala suspensas, na mesma medida em que o semblante é menos um rosto que a situação de um rosto, e é muito mais o movimento das feições suspenso que os traços definitivos de alguém (diz-se, por exemplo, que alguém trazia um semblante severo, ou triste, ou amargo). Dizer isso, no entanto, ainda é dizer pouco: trata-se de falas estranhas, com uma dicção confusa, em outras palavras, um conjunto de enunciações desajuizadas. Trata-se, efetivamente, de uma rebeldia contra o sistema de valoração e, por isso, uma espécie de crise da faculdade do juízo, que não só tenta atribuir valor como reconhecer distinções (mesmo que se trate de um jogo infinito das faculdades da imaginação e do entendimento, como propõe Kant). Dessa falha, ou mesmo falta, de juízo nasce uma atitude infantil, na desarticulação sintática, na irrupção de perguntas primárias e no conjunto de pequenas piadas que fazem com que o texto se distraia, de certa forma, dos assuntos propostos pelos próprios poemas.

Todo o livro de Lucas é, de alguma maneira, uma preparação para o seu último poema, que, apesar de longo, vale a citação integral. Ele apresenta a doença do esquecimento personificada em rabino. No "Rabi Al'zheimer" todas as faculdades do entendimento e da imaginação estão escangalhadas, quebradas. Sem juízo nenhum, o distintivo policial se parte, e já não se pode dizer qual é o lugar de quem, nem apelar para a carteirada do "sabe com quem você está falando?". Sem juízo nenhum, a poesia se torna, mais uma vez, o sonho de uma suspensão do juízo, dos tribunais, da culpa e das dívidas.

> O discurso do Rabi Al'zheimer a favor da distinção entre meninos e velhos
>
> peço que os loucos se sentem à esquerda e os sãos se sentem à direita de quem sofre de depressão quem é bipolar peço a você caro sol meu bom e velho amigo se deite para que os que têm saúde pisem e mantenham pés secos sapatos limpos peço que os jovens e magros se façam macios para os joelhos gigantes dos velhos obesos pois é preciso separar o joio do trigo o canhoto do destro e se o sobrinho da noiva sentar no mesmo banco da máfia da família do noivo ou se um velho descansar ao lado dos jovens eles o levarão abaixo o mesmo se diz do contrário o menino que brinca entre adultos mais tarde escuta o avô a avó sussurrar no ouvido: você está tão bonito ah se eu fosse dez anos mais nova ah se eu fosse dois dias mais são uma vez deixaram um doido andar entre os de mente saudável e eis que ele logo se foi e se dispersou na multidão duas semanas passadas já não se notava de cara quem ele era estava com um jeito de andar comum as ideias bem postas o olhar poucas vezes mudava e o discurso era sensato exceto que no meio de uma conversa podia perguntar: por que você não me ama? por que você não me olha com os olhos que deita no pôr do sol nos dias de verão? você se lembra da época em que não se achava feio nas fotos? se lembra da época em que não se achava burro? se lembra da época em que não sabia de cor seus defeitos? duas semanas passadas qualquer um podia soltar no meio da conversa: e se eu te pedisse agora um beijo? por isso separar é preciso os loucos

se vistam de verde os sãos de pelos de camelo os que desejam ser amados por favor à esquerda à direita os que perderam a razão à esquerda os que babam dormindo ou após arrancar o dente do juízo à direita à esquerda os que não lembram dos filhos à direita os que vão morrer sozinhos os que se sentem sozinhos à direita os tristes de coração à esquerda pois é preciso separar para que a mão esquerda não esteja no braço direito nem o pé direito no meio da coxa no peito da perna errada quando chegar a velhice cada coisa esteja em seu lugar e cada lugar em seu tempo certo como as peças de um grande mosaico em que um pedaço completa o outro e o que está em cima não se confunde com o que está no século quarto e o que está de viés não se confunde com o que está anil e o que está usando um anel não se confunde com o que está aqui vivo bem como as abelhas na colmeia ou as formigas sobre o cadáver de um boi ou um burro morto três tempos depois da morte uma cor dá luz à próxima por isso separar é preciso. (MATOS, 2015, p. 83-84)

TODOS OS MARTELOS O MARTELO[1]

O mais importante sobre *O Martelo*, de Adelaide Ivánova, já foi dito. Que esse é "um verdadeiro martelo brincando de alvo com o coração" (Resenha de bolso). Que a sua "ironia despretensiosa empresta leveza ao texto e, ao mesmo tempo, desfere golpes necessários no machismo, na cultura de amizades e lacunas legais que o sustentam, nas opressões físicas e morais" (Diogo Guedes). Que soou na geração como "um tiro do começo ao fim, que atravessa nossa experiência como um prego atravessa uma parede" (Estela Rosa). Que guarda semelhanças com o projeto de Diane di Prima e de Pier Paolo Pasolini, no que procura "politizar o corpo e suas reentrâncias", fazendo "do desejo uma propedêutica para o pensamento e a reflexão crítica" (Gustavo Silveira). E, no posfácio da edição brasileira, que com esse livro pode-se sentir que "é chegada a hora de soltar o verbo e o gozo de dizer o que precisa ser dito do jeito que precisa ser dito, ou de como estupro é estupro, trepada é trepada e literatura é sentir na pele o peso das palavras" (Carol Almeida).

Agora, porém, que *O Martelo*, de Adelaide Ivánova — publicado no Brasil pela editora Garupa no ano passado, 2017, e, sob outra forma, em Portugal, no ano anterior, pela Douda Correria —, venceu o Prêmio Rio de Literatura, algumas palavras são bem-vindas. Pois muito se disse sobre o informalismo da poesia contemporânea, ou seja, sobre a sua pequena dedicação formal, em favor de maior engajamento cultural. Como se o rigor filológico e a arquitetura da obra fossem opostos ao situacionismo

[1] Texto publicado originalmente na revista *Pessoa*, em novembro de 2018.

e ao posicionamento de poetas. É o que leva tanto um crítico amador e bem-intencionado como Adriano Nunes a denunciar o "panfletarismo" contra a "estética", quanto um experiente e bastante mal-intencionado Rodrigo Gurgel a rejeitar, de saída, obras escritas por comunistas.

Mesmo a crítica e o público leitor mais razoável costumam se insurgir contra uma nova geração, "mais engajada" (em verdade, ela é apenas visibilizada ou invisibilizada por sua época), de poetas, trazendo na negatividade de sua fala a justificativa da forma. Agora, portanto, que *O Martelo* recebeu esse importante prêmio, está na hora de mostrar que talvez o mais interessante em certa fração da geração é o fato de que filologia e situacionismo, arquitetura da obra e posicionamento de poeta não se contradizem. Isso é forte, só para citar uma tríade cuja leitura em conjunto é recomendada, em Angélica Freitas, em Marília Floor Kosby e em Adelaide Ivánova.

Como o essencial de *O Martelo* já foi dito, posso convocar o leitor a verificar um detalhe estranho desse volume. São dezenas de martelos os convocados no livro de Ivánova, mas o título chama o objeto pelo singular. A palavra martelo, assim, se configura como uma impossibilidade, pois é uma constante (pelo poder de unidade do título) e uma variável (pela sua aparição multifacetada). Essa duplicidade quase que literalmente "abraça" a configuração dos poemas, uma vez que as peças que abrem e fecham o livro, dois poemas chamados "o martelo", falam de um único martelo (esse é o primeiro), que a voz do livro guarda debaixo do travesseiro (arma contra a violação), e de muitos martelos (esse é o último), como o do deus nórdico Thor, o martelo agalopado da poesia de cordel e dos cantadores sertanejos, o martelo que serve para pregar pregos, o que falta na bandeira da Albânia comunista etc.

A manutenção do martelo como constante e variável na estrutura simbólica do livro permite que Ivánova acesse duas potências curiosas com a sua poesia. Em primeiro lugar, uma potência formal: as palavras podem, a qualquer momento, significar a si mesmas ou uma variação que só encontra solução final na experiência de leitura. Esse procedimento é como uma fratura exposta no poema "a porca". Nele, há alguma alusão de que a porca é a escrivã que interroga e importuna a mulher que lhe conta um caso de violação. No entanto, como a nomeação não vem enfim ("me lembra muito (...) um animal não lembro qual"), somente a leitura pode decidir se é a mulher que relata a violência que é classificada como porca pela escrivã ou se é a escrivã que se assemelha ao animal. Uma leitura mais atenta permite a aproximação ainda com o universo das máquinas de fixação: assim como a escrivã fixa a história, também a porca fixa o fuso. Unidas essas variáveis, chegamos ainda a uma terceira possibilidade: pode ser que a porca seja a situação, que aperta a mulher que precisa relatar o crime ("já se nasce com a mordaça", e a escrivã a aperta).

> a porca
>
> a escrivã é uma pessoa
> e está curiosa como são
> curiosas as pessoas
> pergunta-me por que bebi
> tanto não respondi mas sei
> que a gente bebe pra morrer
> sem ter que morrer muito
> pergunta-me por que não
> gritei já que não estava
> amordaçada não respondi mas sei
> que já se nasce com a mordaça
> a escrivã de camisa branca
> engomada
> é excelente funcionária e
> datilógrafa me lembra muito
> uma música
> um animal não lembro qual. (IVÁNOVA, 2017, p. 23)

Em segundo lugar, surge também a potência arquitetônica. O martelo enquanto constante e variável ingressa o universo simbólico do livro de modo a funcionar como uma ferramenta tanto de fixação (pregar pregos) quanto de destruição (ou desestruturação) de certos elementos composicionais. Assim, a mulher vítima de um crime que destrói o corpo pode ser desestruturada e surgir novamente com um corpo desejante. São, de fato, as duas vozes do livro. Assim como dois homens, o príncipe, agressor, e Humboldt, o amante, que periga, não obstante, ser atingido, como que por engano, pelo martelo. Assim, a violência e o reparo, palavras que se ligam a um martelo com facilidade, articulam-se como forma interna do livro. Desse ponto de vista, feminismo e formalismo não se negam, pelo contrário: um funda o outro, forjando leis necessárias de composição. O rigor simbólico-formal de *O Martelo* nesse sentido é impressionante.

Isso explica, talvez, o alcance geracional desse conjunto de poemas de Ivánova, pois é um livro que pode ser lido sob a sua constância narrativa tanto quanto sobre a sua variação poética. Nesse sentido, pode ser um livro veloz, de uma tarde, ou na lentidão da vida das bibliotecas. Na primeira forma, o martelo abate quem o lê com um único golpe. Na segunda, todos os martelos estão em estado de latência, aguardando a leitura indecisa de quem não pode se decidir antes de ter experimentado todos eles. É a poeta quem diz que um martelo "é um objeto ótimo/que serve pra dormir bem/ou pregar pregos."

O NOME, O CORPO, O POEMA

Maria Isabel Iorio entre a política e a filologia[1]

As polêmicas sobre a relação entre poesia e política datam de muito tempo, portanto é recomendável que qualquer discussão sobre o tema não tente se esgotar com meia dúzia de frases de efeito.

Vale muito mais a pena, e este é o método crítico que pode conferir alguma dignidade aos próprios poemas, ver como essa articulação é tratada em cada obra singular.

Quer dizer, o próprio poema sempre tem algo a dizer sobre esse assunto, mesmo que o diga veladamente, por outras palavras. A esse propósito, gosto de ouvir o que tem a dizer um de Maria Isabel Iorio, poeta conterrânea minha. Trata-se do:

> Virilha
>
> João que era Teresa que era Raimundo
> que era Maria que era Joaquim que era Lili
> que não era ninguém.
>
> João foi para os Estados Unidos, Teresa foi para as estatísticas,
> Raimundo morreu de pancada, Maria ficou para a fila,
> Joaquim suicidou-se e Lili ainda é chamada de
> J. Pinto Fernandes como toda essa gente que não entra na
> História. (IORIO, 2016, p. 18)

---

[1] O texto foi originalmente publicado no site *a gente junto é forte*, em março de 2019.

O poema é uma releitura de um outro, já clássico, de Carlos Drummond de Andrade, o "Quadrilha" (que você pode ler no final deste texto). Os versos de Drummond escrevem uma cadeia de amor não correspondido, uma dança malograda do destino que separa as pessoas. João amava Teresa, mas ela amava Raimundo, que por sua vez amava Maria etc.

Já os versos de Maria Isabel Iorio unificam todas essas existências em uma só. É um corpo que pode ser muitos: pode chamar-se e ser João e Teresa e Raimundo e Maria etc. Mas essa troca verbal, de *amar* para *ser*, não diz apenas isso. A segunda estrofe revela a impossibilidade de realização do verbo *ser*, assim como no poema de Drummond o verbo *amar* não redime as existências. Em "Virilha", o infortúnio paira sobre aqueles que querem ser muitos. João *era*. Não é mais.

"Teresa foi para as estatísticas": o Grupo Gay da Bahia, que há 39 anos registra dados de violência contra a população LGBT+, registrou 320 homicídios no ano de 2018, além de 100 suicídios motivados pela lgbtfobia. Ou seja, a cada 20 horas alguém que poderia ser João ou Teresa ou Raimundo ou Maria ou Joaquim ou Lili é morto no Brasil. E muitos outros mais são mortos quando (e porque) não entram na História.

O poema de Maria Isabel Iorio diz tudo isso; mas menos por versos como "Teresa foi para as estatísticas" que por sutilezas filológicas. Quer dizer, o engajamento desses versos, a sua política, dá-se menos por uma ideia veiculada no discurso que por um trabalho micrológico com as palavras.

Veja-se, por exemplo, o título, que converte a "Quadrilha" em "Virilha". Imediatamente somos forçados a ler a primeira metade do título de Drummond: *quadril*. O nome do poema de Iorio anuncia o deslocamento do tema do poema para o corpo, e diz ainda que o problema do amor e dos gêneros é "mais embaixo". É na virilha (palavra que, lida até pouco mais de sua metade, contém a palavra *viril*, à qual se opõe).

No poema de Drummond, J. Pinto Fernandes é um nome coringa. Ele dá sentido e ao mesmo tempo acaba com a corrente ininterrupta de malfado que o amor impõe às outras personagens.

(Corrente, aliás, imortalizada no poema "Os três mal-amados" de João Cabral de Melo Neto. Nele, João, Raimundo e Joaquim são três encarnações distintas do fracasso diante de mulheres inatingíveis. Recentemente, Mariana Basílio publicou uma plaquete com o seu poema "As três mal-amadas", respondendo Cabral. A história dessas releituras da "Quadrilha" de Drummond é ampla, integra também as quadrilhas refeitas de Ricardo Domeneck e Dimitri BR, por exemplo. De todo modo, esse conjunto de textos mostra com alguma clareza os modos pelos quais cada texto da tradição poética pode ser *lido* por poemas posteriores, que lhe acrescentam sentido e, por que não?, o politizam.)

J. Pinto Fernandes é também um nome coringa que dá sentido e interrompe o poema de Maria Isabel Iorio. Ele é um nome de batismo que confere um corpo singular a esse corpo coletivo dos destroçados da História heteronormativa, e é também o modo pelo qual esse corpo (coletivo) pode ser morto. Pela palavra, pelo nome, pela recusa, enfim, a que o nome esteja aberto à invenção.

Lili ainda ser chamada de J. Pinto Fernandes é o que a assassina do ponto de vista histórico. Ela não entra para a História porque lhe foi negada a liberdade justamente naquilo que lhe é mais íntimo. No nome, política e filologia são indissociáveis. Muitas vezes, o nome é o corpo filológico da política.

Diz Hannah Arendt que cada vez que um recém-nascido chega à Terra perguntamos-lhe: "quem és?". É uma ideia emocionante, que coloca as pessoas sob o signo do enigma. Para preservar a dignidade do recém-nascido que somos todos os dias de nossas vidas, essa pergunta precisa ser refeita. Todos os dias. E precisa ser respondida pelas próprias pessoas.

Chamar as coisas e as pessoas por seu próprio nome exige que coisas e pessoas digam antes como querem ser chamadas. Por isso "Virilha" é um poema que surge a partir de um segundo batismo de "Quadrilha", de Carlos Drummond de Andrade:

João amava Teresa que amava Raimundo
que amava Maria que amava Joaquim que amava Lili
que não amava ninguém.
João foi para os Estados Unidos, Teresa para o convento,
Raimundo morreu de desastre, Maria ficou para tia,
Joaquim suicidou-se e Lili casou com J. Pinto Fernandes
que não tinha entrado na história. (ANDRADE, 1979, p. 89)

REFLEXO, REFRAÇÃO E EXPRESSÃO: TEORIA MATERIALISTA DA ARTE[1]

Antes de mais nada, agradeço à organização do GT de Estética, principalmente hoje é um alento estar entre todos aqui. E também aproveito para me desculpar, porque vou falar sobre espelhos, embora tenha me proposto a fazer um comentário um pouco mais detalhado sobre a diferença metodológica e de posição de dois projetos materialistas da arte, o de Georg Lukács e o de Walter Benjamin, principalmente a partir de seus textos escritos entre 1930 e 1940. Terei de falar desde um outro ponto de partida, porque também o caminho da reflexão se alterou à luz dos últimos acontecimentos. É estranho estar aqui, no GT de Estética, enquanto o candidato à presidência ameaça privatizar as Universidades Públicas e fiscalizar e censurar o trabalho dos professores em todas as instâncias da Educação. É estranho ter de falar sobre arte e filosofia da arte quando o candidato ameaça varrer a dissidência organizada e desorganizada identificada como "os vermelhos". É estranho, por fim, seguir com a minha pesquisa, com as atividades acadêmicas, ter em vistas a defesa da tese de doutorado para o ano que vem, sobre uma teoria do poema em Walter Benjamin, quando estão ameaçadas não apenas as perspectivas de uma carreira universitária, ao menos tal como a conhecemos, como também a nossa própria existência: na semana passada, a menos de 10 dias da votação, dois estudantes da UNIRIO foram espancados com barras de ferro

[1] Texto base escrito para a minha fala no GT de Estética da ANPOF, em 2018, em meio às eleições presidenciais.

por dois bolsonaristas. Um dos filhos de Bolsonaro fala em fechar o STF, Bolsonaro diz que vai acabar com todo o ativismo no Brasil, eu venho até aqui com um poema de Charles Baudelaire nas mãos e uma fala que tento recuperar de cabeça, aguardando o embarque para voar e falar hoje com vocês, aqui, em Vitória, porque a destruição psicológica a que estamos submetidos não é o bastante e a má sorte corrompeu o arquivo em que eu detalhara esta mesma fala, ou o que ela poderia ter sido, sobre a dificuldade de pesquisa, a dificuldade de escrever e o que isso tem a ver com a teoria do poema em Benjamin.

Diante das ameaças emocionais e físicas, por que estudar arte? Lembro de uma anedota marxista que circula em diferentes versões, mas que em geral relata que, sempre que um grupo de jovens engajados se encontrava com Lênin, nos primeiros anos da Revolução, e lhe perguntava a mesma pergunta que Lênin tentara responder, "Que fazer?", o líder revolucionário respondia "estudar, estudar e estudar!". Mas, repito, por que haveríamos nós de estudar, estudar e estudar arte, quando outras tarefas parecem, à primeira vista, mais urgentes e necessárias?

Eu disse que falaria de espelhos. Preciso falar sobre espelhos por dois motivos. Tanto para falar um pouco sobre o que prometi — a propósito de teorias materialistas da arte, ou, pelo menos, do poema — quanto para justificar por que estudar, estudar e estudar arte, ou poesia, que seja. O primeiro desses pontos é mais evidente. Pois a teoria materialista da arte parece começar por essa metáfora da base econômica e da superestrutura ideológica, em que as condições de produção se articulam como estrutura interna dos produtos do espírito. Foi Georg Lukács quem elaborou melhor essa metáfora na ideia de um reflexo. Nos anos 1930, o filósofo húngaro escreveu uma série de ensaios para fundamentar uma estética materialista, bem como uma história da literatura à luz de certos escritos, em sua maioria correspondências, de Marx e Engels. Misturavam-se, nesses ensaios, três teses centrais: a) a existência em Marx e Engels das bases para uma crítica literária materialista; b) o realismo como categoria central no entendimento da função da arte nas sociedades; e c) o estabelecimento da tarefa do materialismo histórico e dialético como a de um aperfeiçoamento da humanidade, ou ainda, como a de uma fundação de uma humanidade (em contraposição à inumanidade do capitalismo).

A ideia de um inacabamento da humanidade é o que liga a estética à ontologia em Lukács. Ainda em *História e consciência de classe*, Lukács concebera a realidade como um complexo jogo de forças, motivado por interesses de classe, e ocultado pela reificação do mundo por meio de relações reificadas de produção. A literatura, por outro lado, por ser um "reflexo" da vida histórica básica, da base social mesma, estaria bastante próxima daquela realidade mais verdadeira do que desta, coisificada e fenomênica. Se o materialismo histórico, para Lukács, deve destruir a realidade coisificada e construir, com o seu método, na teoria, o que se esconde na realidade, isto é, o puro jogo de força entre classes e seus interesses, a literatura se torna, para o filósofo, um lugar privilegiado nessa construção, por se ligar diretamente aos interesses de classe em seu estado bruto de ideologia. A atividade crítica, então, resume-se, de certa maneira, a reconstruir, a partir da literatura, o jogo de forças histórico em que a obra está inserida, por um lado, e, por outro, à investigação do interesse de classe do próprio escritor. Isso não deixou, é claro, de gerar um certo clima de patrulha ideológica não apenas no próprio Lukács como em boa parcela da tradição crítica de esquerda em meados do século passado.

Theodor Adorno percebeu esse perigo normatizante da literatura, e se opôs fortemente à guinada realista (embora não naturalista, como parecem crer alguns dos críticos mais vulgares do filósofo húngaro) de Lukács na década de 1930. Contra o espelho límpido do filósofo húngaro, que reflete a vida histórica, Adorno imaginou um outro tipo de vidro entre a obra de arte e a sociedade: a partir do conceito de refração, deslocou a discussão materialista para a forma da obra. O conceito é tratado definitivamente na *Teoria Estética*, mas faz sentir os seus efeitos em um texto mais conhecido, a sua "Palestra sobre lírica e sociedade", em que defende que o teor social do poema lírico, um tipo particular de lirismo, que frutificou no interior da Alemanha à época da ascensão da burguesia, era visível justa e somente no que negava a realidade social e a sociedade. Com Adorno, a obra de arte se torna ao mesmo tempo duas coisas: 1) um negativo da sociedade, que erige a sua forma a partir da rejeição dos dados do real (é o que, para o filósofo, fundamenta a autonomia da obra, sem o que não se torna obra); e 2) uma forma de rejeição à vida danificada e ao mundo administrado, uma nova forma de dizer não à marcha inexorável da razão instrumental. Ambas as consequências são o que levam Adorno a rejeitar o ímpeto antiformalista de Lukács, ainda que Adorno nutra também alguma desconfiança com relação à arte pela arte, principalmente nas décadas de 1950 e 1960.

Agora seria útil se, de posse destes dois espelhos, o espelho de Lukács e o espelho de Adorno, invocássemos uma imagem, para ver o que é que eles efetivamente mostram. Opto aqui por um poema de Charles Baudelaire, já que encaminharei minha fala em seguida para encontrar o espelho de Walter Benjamin. Proponho a leitura de *A Alma do Vinho* para seguirmos adiante, poema que Benjamin analisou e sobre o qual travou uma (relativamente) célebre discussão com Adorno.

A alma do vinho

À noite, a alma do vinho cantava em botelhas:
"Homem, eu te entrego, ó querido deserdado,
De dentro deste vidro e lacre — são vermelhas
Prisões — um canto pleno, irmão e iluminado!

Sei bem que, na colina em chamas, custa à palma
A pena e o suor, tosta com o sol ardendo,
Para engendrar em mim a vida e me dar alma;
Não serei eu, portanto, ingrato, nem horrendo.

Pois sinto, ao ir tombando, uma imensa alegria,
Na garganta do homem que trabalha e cansa.

E é doce catacumba, mais que a adega fria,
Seu peito quando arde, onde encontro a bonança.

Tu ouves no domingo os refrãos, e em meu seio
Palpitante a esperança murmurando? À mesa,
Mangas arregaçadas e braços no esteio,
Assim me glorificas e nada te pesa;

O olhar da tua mulher eu iluminarei;
A teu filho darei a sua força e as suas cores:
Para este frágil atleta da vida, serei
O óleo que o tonifica, como aos lutadores.

Tombarei sobre ti, vegetal ambrosia,
Grão precioso que lança o eterno semeador
E que com nosso amor faz nascer a poesia
Que a Deus se precipita, como rara flor!

(Tradução do autor)

Podemos imaginar o que Lukács extrairia desse poema: a decadência da aristocracia e a ascendência da burguesia, a solidão do poeta que trai a sua própria classe, a embriaguez como solução contra a organização revolucionária. São conclusões que apareceriam no espelho de Lukács, que nos mostra uma relação reflexiva entre obra e mundo social. No espelho refratário de Adorno, outra imagem apareceria: a negação da embriaguez empírica erige uma embriaguez poética, puramente formal, que oscila inclusive entre o rigor do formalismo e a fala solta e prosaica da dicção, que se configura, no fim das contas, como rejeição da racionalidade instrumental. São só exemplos, é claro. Um reflexo caricato, o que faço.

Benjamin rejeitou expressamente a ideia de reflexo na sua teoria materialista da arte — erigida nas anotações para o trabalho das *Passagens*, em alguns ensaios sobre técnica e, principalmente, no ensaio sobre Eduard Fuchs — e, salvo engano, não se referiu à forma da arte como uma espécie de ambiente refratário à luz social. É de outro tipo o "espelho" que a arte representa em Benjamin. Trata-se de um espelho mágico. Um espelho que fala. No caderno N do *Passagens*, Benjamin propõe que a relação entre base e superestrutura não deveria ser considerada como se esta refletisse aquela, mas como se esta expressasse aquela. A obra expressa a vida histórica. Ou, se quisermos, a vida histórica se expressa a si mesma na obra.

A formulação não é inteiramente devida à fase materialista de Benjamin, que compreende o final da década de 1920 até o ano de sua morte, 1940. Nos escritos de juventude, principalmente em um ensaio de 1916, "Sobre a linguagem em geral e sobre a linguagem humana", Benjamin já aludira à magia da linguagem, *em* que as coisas se expressam a si mesmas. No seu vocabulário de então, só são comunicáveis as essências linguísticas das coisas, e só são essências linguísticas o que nas coisas é comunicável. A linguagem de que fala Benjamin não diz respeito somente às línguas humanas. Ela é a expressão de tudo o que existe. Segundo esse entendimento, existe não apenas uma linguagem do homem como também uma linguagem das árvores, dos pássaros, da técnica, das mesas, dos cavalos. Existe uma expressão de todas as coisas. A linguagem da técnica, por exemplo, nada teria a ver com a língua em que são escritos os manuais técnicos em geral, nem a linguagem da poesia ou da jurisprudência com aquela em que são escritos poemas ou códigos jurídicos. A linguagem "de" alguma coisa é o modo como essa coisa encontra expressão, como a sua essência linguística se manifesta expressiva e imediatamente na vida.

Daí o seu entendimento de que a linguagem não seja um "meio" de comunicação, mas um "médium", um modo de ser das coisas. Cada linguagem — a da poesia, a da jurisprudência, a dos pássaros — é um modo de ser distinto, mas todos esses modos de ser têm em comum o fato de que o ser das coisas encontra aí expressão imediata de sua essência espiritual na medida em que ela é comunicável. A palavra "vinho", portanto, é uma expressão do que é comunicável em português *no* vinho; na linguagem das tabernas, o vinho se expressa enquanto o que é comunicável, no vinho, nas tabernas etc. Diante das essências linguísticas, que se expressam em diferentes línguas e linguagens, o vinho se expressa no que nelas é comunicável de sua essência. O trânsito da essência espiritual do vinho nas diferentes línguas e linguagens corresponde à tradução. Mas não quero falar de teoria da tradução, quero falar de espelhos.

Se a linguagem é um modo de ser das coisas, a obra de arte, bem como o poema, conserva, em seu interior, uma pluralidade de modos de ser que historicamente estão fadados ao desaparecimento. Como na vida empírica o vinho será bebido ou se tornará vinagre, como a embriaguez na vida empírica toma a forma de um costume social, como as democracias se transformam ou mesmo morrem, enfim, como qualquer coisa está fadada ao desaparecimento por transformação ou por destruição, também as suas essências linguísticas desaparecem. Para Benjamin, na arte se preserva, de alguma maneira, algo dessa vida empírica que desaparecerá. Resta alguma fagulha, alguma fulguração. O crítico confia nessa uma fagulha, ou fulguração, ou lampejo, se quisermos retornar ao seu vocabulário, para expor, *na* arte, não apenas aquilo que ocorreu, mas aquilo que poderia ter ocorrido. O que poderia ter ocorrido *sobrevive* no que ocorreu, e isso se torna mais imediatamente visível na arte.

Essa relação entre ocorrido e possíveis na obra foi destrinchada por Benjamin a partir dos conceitos de teor de coisa (*Sachgehalt*) e teor de verdade (*Wahrheitsgehalt*). O teor de coisa é composto pelo material histórico no sentido estrito. No caso do poema sobre o vinho, de Baudelaire, poderíamos dizer que sobrevivem ali: o imposto sobre o vinho, que forçava o deslocamento do proletariado até as periferias de Paris em busca de vinho mais barato; o retorno bêbado para a casa desse mesmo proletariado, famílias inteiras voltando embriagadas pela rua, cantando e gritando; o clima conspiratório das tabernas pela classe boêmia etc. Já o teor de verdade, esse é mais amplo. Ele configura a salvação dos fenômenos que constituem o teor de coisa, e, nesse sentido, são tudo aquilo que esses mesmos fenômenos poderiam ter sido. Se isso de fato ocorre, como afirma Benjamin, a explicação estaria no fato de que são as coisas que se comunicam a si mesmas no poema de Baudelaire.

Nesse sentido, a obra de arte é menos um espelho que visibiliza o ocorrido, a vida histórica social, e se assemelha mais a um espelho de contos de fadas. Refiro-me ao espelho da história da Branca de Neve e dos sete anões, tal como relatado pelos irmãos Grimm. Vocês sabem que Benjamin tinha um apreço grande por essas histórias, e creio não cometer um grande equívoco ao fazer essa comparação. Se quisermos insistir nessa ideia, relembremos que a rainha procura o espelho para perguntar-lhe quem é a mulher mais bela, na esperança de ver a si mesma refletida. O espelho não lhe mostra uma imagem, mas *fala* de uma princesa, a Branca de Neve, mais bela. Ele não mostra, ele fala. E, mesmo após inúmeras tentativas de destruição da princesa, por meio de um pente envenenado, de um estrangulamento com uma joia e, finalmente, com a maçã envenenada, a jovem princesa sobrevive para se tornar rainha e ver a dona do espelho, no final da história, dançar sobre sandálias em brasa.

De todo modo, a suposição de um teor de coisa e de um teor de verdade inclui também uma multiplicação temporal de interação complexa na qual o crítico pode mergulhar. O conceito de teor, tal como figurava no ensaio sobre Hölderlin, já trazia uma compreensão heterogênea do tempo; a novidade, com a cisão do conceito, é o início de um pensamento mais assertivo com relação à historicidade das obras, tanto em sua localização histórica (e o teor de coisa é o que a fixa ao ocorrido historicamente) quanto em sua historicidade própria, que faz com que aquilo que era "localizado" viaje, sobrevivente e estranho, a novos tempos e espaços. Nas palavras de Katia Muricy, "a obra inaugura uma historicidade própria, e este aparecer no tempo é o seu enigma".

A insistência nesse enigma é a insistência na pluralidade de modos de ser a que todas as coisas aspiram. Se o projeto político das forças destrutoras deste país quer anular a diferença, estudar, estudar e estudar arte desse ponto de vista é insistir diretamente no problema em questão.

III
CRÍTICA E FORMA

SOBRE A CRÍTICA AMADORA E UMA CARTA PARA MARCELA CANTUÁRIA[1]

Em junho deste ano, fui à inauguração da exposição *Sutur|ar Libert|ar*, de Marcela Cantuária, sob curadoria de Joyce Delfim, no Centro Municipal de Artes Hélio Oiticica, no Rio de Janeiro.

Em suas telas desfilam imagens contraditórias: espaços de clausura e aprisionamento e corpos preparados para o combate; arames farpados e heroínas do comunismo; as ameaças imperialistas e as promessas socialistas; imagens de coletivos de guerrilheiros e guerrilheiras; e retratos que, no conjunto, narram uma vida futura daqueles que sucumbiram na história mas que retornam como símbolo do que deve ser restituído num agora revolucionário.

Tudo isso a partir de uma combinação bastante singular de técnicas que surgiram em diferentes tempos históricos: perspectivismo e investigação da bidimensionalidade; digitalização de imagens pré-existentes e composições com tinta acrílica; tinta a óleo em grossas camadas que ocultam parte do que é representado nas obras e técnicas de *glitch* que promovem um ruído nas imagens. Além da hiper saturação, que dá aos seus trabalhos uma conotação *pop* que contrasta, como outrora na história recente das artes visuais, com a motivação revolucionária.

---

[1] A carta para Marcela Cantuária foi publicada pela primeira vez em julho de 2019 na revista *Desvio*. Em outubro do mesmo ano, apresentei, no 14º Congresso Internacional de Estética: Artes do corpo, corpos da arte, esta carta acrescida da nota introdutória apresentada aqui.

Foi o meu primeiro contato com os trabalhos de Marcela Cantuária. Fiquei em choque. E sabia que esse choque fora produzido em mim por uma contradição fundamental. Eu acabara de aprender alguma coisa, e era quase capaz de transformar esse aprendizado em crítica, isto é, em desdobramento da obra. Mas, ao mesmo tempo, faltavam-me os recursos para realizá-lo. Em outras palavras, o choque foi sentido como se o desdobramento de alguma coisa na exposição de Cantuária tivesse surgido em mim como potência, mas eu mesmo era impotente para lhe fazer justiça.

A minha falta de recursos parecia-me bastante óbvia. Em primeiro lugar, era a primeira vez que eu via o seu trabalho — faltavam-me os recursos de comentador. Em segundo lugar, sou daltônico — faltavam-me os recursos perceptivos em uma obra que trabalha fundamentalmente com as cores e com o seu excesso. Em terceiro lugar, sou crítico com alguma atuação em literatura, em especial poesia, mas não em arte — faltavam-me os recursos de erudição em história da arte. Em todos os sentidos, eu era um amador.

Não um especialista. Sim um amador. Também amador no sentido de ter-me deparado com um amor profundo pelo que eu testemunhara. E, no entanto, não poderia escrever um texto que expressasse esse testemunho. Em primeiro lugar, porque seria um testemunho corrompido por minha deficiência na captação das cores. Em segundo lugar, porque não endosso a crítica impressionista.

Eu já experimentara a sensação antes. Por isso tenho arriscado a crítica como carta, principalmente quando alguma obra de arte produz em mim um saber que se funda em um não-saber fundamental. Quando isso acontece, só me resta mesmo a correspondência, ao admitir a crítica amadora como uma forma. Quer dizer, a crítica que faz das técnicas do amor as suas. O que é, evidentemente, muito diferente da crítica especialista.

O especialista se apropria do seu objeto — o amador só pode falar de um lugar impróprio. Seu saber não precede a coisa amada. Não a captura em um enredamento histórico ou teórico preexistente. O amador parte de seu não-saber fundamental para iniciar uma jornada, uma aventura. Nessa jornada um perigo existencial se apresenta: cedo ou tarde "transforma-se o amador na coisa amada,/por virtude do muito imaginar" (CAMÕES, 1997, p. 85). Como sairá dessa transformação, sem retornar à sua identidade original, mas com a marca do amor no seu semblante? A resposta a esse dilema determinará a forma dessa crítica bem como aquilo que ela tem a dizer. O que o amador constrói não é nunca, porém, o elogio. O elogio é uma arte do propagador, e é preciso distinguir tanto o amador do especialista quanto o amor da propaganda.

Carta para Marcela Cantuária, 6 de junho de 2019

Marcela,

ainda me lembro de como fiquei chocado ao ver *A chinesa* do Godard, um pouco sem entender nada, um pouco achando francês demais, um pouco achando aquilo tudo uma festa terrível de boa. Vermelha estourando. Sempre me pareceu eletrizante alguma coisa feita por alguém com gosto. Vendo *A chinesa* a gente vê o Godard gostando de filmar, o Godard gostando de ser comunista. E a gente fica assim, querendo essas coisas também. O vermelho estourando na *Chinesa* é menos uma cor que um desejo. Foi uma alegria conhecer o teu trabalho, menos por uma identificação política (que existe) e mais porque o teu trabalho, o teu desejo, foi, para mim, motor: incitava mais trabalho, incitava mais desejo. Tudo isso pelas cores também. Fiquei muito entusiasmado com teus quadros quase *pop art*, quase *grafitti*, quase acrílicos — com o entrelugar que eles ocupavam (segundo um pensador conterrâneo nosso, é esse o lugar de onde falam os latino-americanos, é do entrelugar que surge alguma arte latino-americana).

Eu queria começar te contando que eu fui à tua exposição — *Sutur|ar Libert|ar* — depois de visitar a do Klee no CCBB — e eu fui lá na tua, no CMAHO, porque a Clara Machado convidou. Eu gosto das coisas que a

Clara faz. O jeito com que ela assiste aos materiais, demora com eles, vê até onde eles aguentam e os imprime. Os materiais: cabelo, dente, osso, o próprio pai, essas coisas meio impenetráveis. É um pouco o contrário do Klee, de certa forma, porque o Klee faz o material brincar: a impenetrabilidade do anjo, da criança, da geometria e da mancha obedecem a um jogo lúdico em que nada precisa se esforçar pra ser, nada precisa resistir. Não sei bem por que coisas tão opostas me emocionam em igual medida.

A Clara, na abertura da tua exposição, me mostrou você, de bolsa amarela cruzada. Quis falar contigo, mas você estava com muita gente em volta. Achei então que queria falar contigo num outro momento, sem a embriaguez dos encontros coletivos. Obedeci à intuição. Em seguida encontrei amigos e amigas que estão divididos entre quebrados e enfeitiçados. Quando não as duas coisas. Estávamos na Praça Tiradentes, a Pollyana Quintella em algum momento colocou Bowie pra tocar (a Pollyana sempre bota Bowie pra tocar, a Pollyana é um solzinho que dura, dura), *Modern Love*:

But things don't really change
I'm standing in the wind
But I never wave bye-bye
But I try, I try

e que, mal traduzido, pode ser alguma coisa como:

Mas as coisas não mudam na real
Tô de pé no vento
E eu nunca digo até mais
Mas eu tento, eu tento

Marcela, eu estou tentando falar sobre o teu trabalho, nada disso é realmente sobre amigos, amigas, outros artistas, canções, tradução etc., me acompanha.

Te escrevo assim, no mais, do jeito que dá, porque é difícil que um poeta e uma artista vivos se falem se não se conhecem, se não se gostam por muitos outros motivos. A verdade é que não nos conhecemos, não temos tantos outros motivos, nossos encontros foram outros — e a vida literária e a vida plástica andam pouco de mãos dadas em nossa década.

Eu queria te falar sobre muitas coisas de *Sutur|ar Libert|ar* — a primeira coisa que fiz, ao chegar à exposição, foi pedir por um caderninho e um lápis. Anotei um bocado de coisa, rasguei uma folha e guardei no bolso da bermuda. Depois perdi. Mas eu me lembro de uma coisa muito, muito espantosa, que me aconteceu. E é isso que importa, não é? Falar do momento do espanto. Foi quando eu parei diante do *Tropa*.[2]

O quadro me atravessou como uma impressão que sobrepunha outra imagem, guardada em mim já há alguns anos, quando estive frente a frente com *O triunfo do céu*, de Kazimir Malevich. Foi no CCBB, eu devo ter ficado mais de meia hora de frente praquela humanidade tripartida e unicor, que parecia dar adeus à própria natureza. Era como uma despedida. O Malevich fez *O triunfo do céu* em 1907, talvez essa humanidade não soubesse que não se despedia da natureza, mas da própria cultura. Estávamos às vésperas do que o Hobsbawm chamou de Era das Catástrofes — o século XX, com suas guerras, estados de exceção e indústrias da morte, no primeiro, no segundo e no terceiro mundo. Aquela humanidade estava adormecida, pronta para despertar, e acreditava que o fim do sonho era um adeus. Mas não tinha como saber da dimensão daquele adeus. Aquela humanidade de Malevich se despedia com uma postura ritualística, de reza, mãos dadas sobre o peito, sem saber que na verdade se deitava sobre um caixão.

Em *Tropa* a sobriedade de uma pós-humanidade se sobrepõe àquele transe de 1907. Comparar os dois quadros é da maior importância. São poucos os pós-humanos em *Tropa*, em contraposição aos humanos potencialmente infinitos de Malevich; não estão apenas entre árvores, mas entre bibliotecas, a sua natureza é a própria cultura (no teu trabalho, Marcela, me parece importante que cultura e natureza não se oponham, isso libera

[2] O trabalho pode ser visualizado no site da artista, em https://www.marcelacantuaria.com.br.

a tua técnica de montagem para ver no artifício da cultura o índice de sua própria naturalidade); e as nuvens oníricas dão lugar a fuzis atirados ao chão. Isso se faz a partir de um acúmulo desigual de processos produtivos no teu trabalho, que mobiliza o anacronismo como técnica. Essa pós-humanidade não se prepara para dar adeus à natureza, mas para sobreviver a si mesma — e sonha, justamente, com outras relações de produção. Porque sabe que vive — sempre viveu? — ainda na Era das Catástrofes. Eu acho, Marcela, que o teu trabalho tem como meio ambiente a longa era — ou a *larga noche*, já que estamos na América Latina — das catástrofes.

Há um quadro menor, discreto, está na última sala de tua exposição, e não sei como se chama. Salvo engano, compõe uma série chamada "Futuro do pretérito". Nele, guerrilheiros atravessam um rio. Estão mergulhados até a cintura, outros até o peito. Com fuzis para cima. Tornou-se lugar comum entre a crítica e os artistas o ataque às formas representativas na arte. Não me parece que você tenha caído nesse tabu — ao mesmo tempo, teus quadros não dão o passo atrás para o mundo em que símbolos e coisas se correspondiam. Nesse quadro, por exemplo, distinguimos os guerrilheiros. Mas é preciso olhar com calma. Estão mergulhados, é certo. Não em um rio. Mas em uma tinta. Amarela ou verde fluorescente (Marcela, eu sou daltônico, e pode ser que tudo isso tenha surgido por causa disso — espero que não). Arte e política — de novo? Sim, por que não? Mas uma arte que não se esquece *amiga* da política, e não substituta dela. E por isso reconhece o seu *lugar de ação*: os guerrilheiros representados mergulham na tinta irrepresentável da mesma maneira que você mergulha na técnica.

Eu ando quebrado, Marcela. Tive dias terríveis, um ano do cão. Na abertura da tua exposição, estive com pessoas que quero guardar no bolso. Naquele dia, enquanto tocava Bowie, eu estava tão feliz. Aquilo não era uma vida feliz, mas a gente rodando, cantando, balançando pernas e braços de qualquer jeito, enquanto cantávamos que

> *There's no sign of life*
> *It's just the power to charm*

I'm lying in the rain
But I never wave bye-bye

(e que, mal traduzido, é meio que

Não há sinal de vida
É só o poder do encanto
Tô deitado na chuva
E eu nunca digo até mais)

— bem, aquilo era um lugar de ação da felicidade. Lugar de produção das técnicas da felicidade. *But I try...*

Até aqui a técnica serviu para que dominássemos aquilo que chamamos de natureza e para que dominássemos uns aos outros. Mas eu acho que a gente pode tentar outra coisa. Eu acho que a técnica pode ser mais do que isso. Ela pode ser não a formação do canteiro que controla o jardim, mas o cuidado que faz com que a selva cresça selvagem. A técnica pode ser qualquer coisa que desperta a virtude de todas as coisas. Essa é uma longa linhagem de pensamento sobre a técnica na qual acredito que o teu trabalho se encontre, Marcela.

E se os teus quadros fazem conviver, sob o princípio da montagem, seres e objetos que não convivem no mundo empírico, eles me lembram a teoria da atração universal de Fourier, esse socialista utópico que acreditava que a teoria da gravidade era a descoberta do fato de que todas as coisas do mundo tendem umas às outras, num erotismo universal. Para ele a técnica não nos faria distantes da suposta natureza, pelo contrário: o desenvolvimento técnico seria revolucionário porque faria despertar o que é virtual em tudo o que existe. Anéis para a Terra, como os de Saturno, novas coroas boreais nos polos, a harmonização entre todos os bichos, o desenvolvimento de cauda e de um terceiro olho entre os seres humanos etc. Walter Benjamin certa vez disse que todas essas previsões de Fourier contam menos para crê-lo delirante, e mais para enxergar nesse delírio a fé colossal que o socialista tinha nas capacidades da técnica, uma vez direcionada corretamente. Não para o domínio, mas para o amor e para a paixão universais. A técnica como forma de amar ou de desejar. A técnica como Eros.

Marcela, eu estou tentando falar sobre o teu trabalho, nada disso é realmente sobre amigos, amigas, outros artistas, canções, tradução etc., me acompanha. Mas é sobre tudo isso também. Eu acho que pras coisas mudarem na real a gente vai precisar de muitas técnicas. As da felicidade, as da imaginação política, as do desejo. Acho que é por isso que estou te escrevendo.

Com um abraço,
Zacca.

DUAS CARTAS PARA LEILA DANZIGER[1]

Rio de Janeiro, 20 de dezembro de 2016

Querida Leila,

li teu livro todo entre a sala de triagem e a sala de raio-x no Hospital Badim, hoje, enquanto esperava que a Ana fizesse seus exames para descobrir por que doía tanto a sua barriga. Um dia antes foi ela mesma quem me mostrou um poema seu: "Não sei o que fazer/com tantas radiografias/de seus pulmões (...) seus ossos são luz." Não li até o final, não tive olhos, se afogaram todos e eu fingi estar com alergia ao perfume, tenho o olfato e os olhos frágeis pra essas coisas, pra poemas, perfumes, metrô, raio-x.

Fiquei pensando, enquanto lia, no que achei do teu *Três ensaios de fala*, em como é composto por tantas camadas superpostas de imagens, imagem sobre imagem, areia molhada sobre areia seca, uma melancolia funda como médium dessas figurações, todas partidas, furadas, arrebentadas. Uma melancolia capaz de abrir as coisas lá onde elas não são mera organicidade. Uma contemplação ativa das coisas mínimas: como posso dizer, como você, que "encontrei uma baleia encalhada/entre um anúncio de eletrodomésticos/e algumas notícias gastas"? A baleia arrebentada, naquele teu poema "Fato bruto", abre-se, em sua carcaça, em túmulo digno,

[1] Publicadas originalmente na revista *Grampo canoa*, número 4, da editora Lunaparque, em janeiro de 2018.

ela mesma, para si mesma. Uma autorredenção imagética que abole aquilo que "o sol não esquece: (...) o calor de dez mil rivais".

Leila, há algum tempo eu queria te dizer que a tua poesia me parece construir um túmulo digno para o mundo partido que você testemunha. Das tragédias familiares às históricas — tão misturadas, feito o modo como jornais, agendas, compromissos, se amontoam ao longo dos anos nos cantos das casas — com essa reunião presenciamos, talvez, a pequena possibilidade daquilo que Orígenes saudava na Bíblia como "apocatástase", e que Walter Benjamin atualizou na expressão "apocatástase histórica". Para o teólogo do primeiro milênio, isso queria dizer a admissão de todas as almas no paraíso, inclusive as infernais. Para o filósofo do segundo milênio, a possibilidade de uma visada sobre os fenômenos que os salva integralmente na promessa de felicidade da sociedade sem classes, isto é, aquilo que ele, o saturnino, afirmava como "a indestrutibilidade da vida suprema em todas as coisas".

Agora, com esse teu livro, *Ano Novo*, que eu pretendia ler no ano novo, em Teresópolis, mas que li na espera da emergência — enquanto a Ana doava chapas, sangue e imagens sonoras para o testemunho da saúde —, fico pensando nessa promiscuidade das coisas com as datas. Se antes as coisas se abriam a nós no médium da melancolia, agora me parece que o próprio médium da melancolia é que nos é dado no médium temporal mais amplo das gerações, das heranças e dos legados. Parece que, com essa disfunção temporal servindo de meio ambiente para todas as coisas, as tuas e as nossas, é a minha memória que sofre uma disfunção, e agora "a voz de meu pai/chamando pelo nome que costuma ser o meu". O que isso quer dizer?

Leila, tive uma educação muito fundamental no marxismo, quero dizer, me apropriei das coisas e das ideias sobre o solo da militância e da teoria crítica, o que faria facilmente com que eu rejeitasse de saída uma poesia voltada para o universo da casa, do privado. Mas acontece um pequeno milagre na tua poesia: tão nominal, tão particular e tão singular, ela se converte, num passe de mágica, em intervenção geral, ampla e larga. Acontece mesmo como na imagem que abre o "Ano Novo" do livro: "Mar Vermelho sobre Praia Vermelha;/Tel Aviv sobre Copacabana." Aquela dignidade, que você e poetas que admiro parecem trazer no verbo, se expande de dentro pra fora das coisas, para tudo aquilo que poderia vir a ser.

E é por isso que essa espécie de recensão precisa vir de dentro pra fora, do particular para o geral, de um encontro nosso, de uma carta minha pra ti, dessa pequena emoção de metrô para o âmbito mais irrestrito da vida das formas — e em mim são formas que te agradecem. Ana segue bem, sem dores — agora vamos cozinhar.

Um beijo,
R. Zacca

*

Teresópolis, 17 de abril de 2017

Querida Leila,

de toda a minha biblioteca, foram os teus livros que eu trouxe para cá, para a casa da Joana, em Teresópolis. E te escrevo completamente extenuado, depois de correr com Lucas pela manhã. Tenho corrido desde o ano novo, e a solidão de minha respiração tem sido o meu teto mais bonito. Hoje, correndo com Lucas, foi a respiração dele que se acumulou com a neblina. Uma solidão diferente. Era um fôlego agitado se sobrepondo à língua muda das coisas.

Te escrevo completamente extenuado, depois de ter corrido e depois de ter relido o mais miúdo dos teus livros, *Um golem para Caruaru*, em que você reúne nomes de cidades do que nos acostumamos a chamar de Nordeste brasileiro, e propõe pequenos gólens feitos desse material indeciso entre o nome e o sentido.

Balsas
Caravelas

Picos
Unas
Cocos

Paudalho
Pão de Acúcar

Mãe d'Água
Solidão

(DANZIGER, 2014, p. 24)

Leila, só posso falar do teu trabalho, hoje, por nomes — essas espécies de carteiros que chegam às nossas casas de mãos vazias, o carteiro mesmo como correspondência — e me parece, justamente, com esse pequeno *Golem*, que toda a tua obra é uma variação infinita de nomes para uma mesma coisa inominável. Que é essa coisa? Penso que, com a tua dicção, esta coisa é meramente aquilo que é ditado. Estou pensando no poema "Irene": "Seus cachorros/seus sidurim e pocket books/seu cabelo que é o meu.//Seu sotaque é a cicatriz —//ainda respondo ao apelo/que rasura/ meu nome." É esta, talvez, a diferença fundamental entre a sua poesia nomeadora e uma poesia autobiográfica: teu nome, como na autobiografia, é encontrado em toda parte, mas em toda parte se rasura e se sobrepõe com outros nomes, até que todo o ato nomeador se torne, a um só tempo, um gesto de dignidade (chamar cada coisa por seu respectivo nome) e de comunhão (a reunião na língua de todas as coisas que não podem participar dela diretamente, como os objetos inanimados ou os que se acumulam injustiçados).

Você chama a isso, em tua própria obra, se não me engano, de melancolia. Esse procedimento foi registrado, como peça de enigma, em *Todos os nomes da melancolia*. Trata-se, como você disse, de uma "desaceleração" diante do tempo do progresso que passa desvairado por cima de todos nós. Hoje, com o corpo ainda dolorido, proponho outros nomes para isso que trabalha na tua obra. Teresópolis. Ana. Badim. Lucas. Joana. Leila.

Amor,
R. Zacca.

SOBRE A CRÍTICA COMO CARTA[1]

Quem é o carteiro impossível da literatura?

A crítica, ou pelo menos o comentário sobre arte, como correspondência não é nenhuma invenção contemporânea. Em sentido amplo, faz parte dos documentos mais antigos na história da arte ocidental, como na *Arte Poética* de Horácio, que é, mais precisamente, uma *Epístola aos Pisões*, destinada a ensinar a essa família romana patrícia os preceitos da técnica da poesia.

As cartas são hoje evocadas sob o signo do afeto. Mobilizadas por críticos de arte heterodoxos, muitas vezes as cartas têm se apresentado como alternativa ao fantasma da crítica científica, que se separa de seu objeto, as obras de arte, e o apresenta com ares de substância manipulada em laboratório.

Por isso têm sido defendidas, e pelo mesmo motivo têm sido atacadas. Como se refletissem uma espécie de cordialidade acrítica entre amigos e amigas, e resultassem em textos elogiosos, que expõem mais a paixão daquele que escreve do que a natureza daquilo sobre o que se escreve.

A carta é compreendida assim como um gênero da amizade, do amor e da concórdia (isto é, do encontro entre os corações). Mas isso é um pouco impreciso. (É preciso, no entanto, realizar uma investigação mais detida sobre as possibilidades afetivas da crítica, que podem ou não ser

---

[1] Publicado originalmente na revista *Pessoa*, na minha coluna *Como prática da liberdade*, em novembro de 2019.

mobilizadas na forma de uma carta, e as suas implicações na construção de conhecimento sobre as obras.)

A história das cartas não remonta à paixão ou ao afeto, que se contraporiam à razão, mas à história dos recados, das mensagens, das entregas. Ou, se se preferir, à história do *delivery*. As cartas atravessam tanto o modo de ser dos mensageiros quanto o dos oráculos e o dos *motoboys* — todas essas ocupações sociais que poderiam responder pelo nome de carteiro. Configuram, desde sempre, o diálogo e a entrega entre aqueles que não podem dialogar nem entregar.

A carta, mais do que um gênero textual, é uma forma. Não uma forma qualquer, mas uma forma problemática. Tem a tarefa de formalizar o impossível. Do ponto de vista do remetente, ela realiza o diálogo enquanto o adia — do ponto de vista do destinatário, ela o apresenta tarde demais. A entrega das cartas é semelhante à entrega no desejo.

As cartas são anacrônicas. Suspendem as regras da cronologia. Mesmo depois de entregue, uma carta pode levar anos até ser aberta, se não for antes devorada pelas traças.

Não são contemporâneos nem conterrâneos os que se correspondem, ainda que vivam na mesma casa. Se trocam cartas, exercem um diálogo que não poderia ser exercido no tempo cronológico. Essa forma não determina, portanto, a proximidade entre a pessoa que escreve, a crítica, e a pessoa que produziu a obra, a artista. Pelo contrário, a forma da carta assinala uma distância.

O que significa, então, a forma da carta para o exercício da crítica? Justamente a performance da distância. O texto crítico que se escreve como carta é ele mesmo a distância entre o remetente e o destinatário. Desse modo, a forma da carta possibilita uma forma pedagógica da crítica, que se realiza enquanto *exercício de leitura*.

O verdadeiro leitor (não o destinatário, mas o leitor anônimo, que encontra a carta como se a descobrisse no século muito distante), que não participa dessa correspondência, precisa correr uma distância. É esse o seu exercício, que vai do endereço de postagem ao endereço de entrega.

O leitor, desse ponto de vista, é o carteiro impossível da literatura. Não recebeu a carta das mãos de seu remetente, não tem registrado o endereço de seu destinatário. Terá, portanto, de conviver com um diálogo e com um desejo que herdou e cujo legado se apresenta desde o princípio como problema. A carta como crítica é um gênero da amizade (talvez) perdida, do amor (ainda) não realizado e da solidão dos corações.

A CRÍTICA E O MODO DE PRODUÇÃO DA VIDA LITERÁRIA

Em junho de 2018, chamou a atenção de Sergio Maciel uma publicação feita por mim em uma rede social bem conhecida.

> Eu me espanto um pouco como ainda é bastante comum uma série de equívocos quanto ao papel da crítica. Talvez porque a crítica tenha perdido (e também talvez porque ela tenha renunciado a) certos espaços da discussão pública, perdendo, com isso, a chance de tornar as suas diretrizes estratégicas mais explícitas. Confunde-se geralmente o seu papel com o de um órgão regulador (uma espécie de Inmetro das artes, atestando ou negando a validade e segurança dos "objetos"), quando não com o da propaganda (como se fosse um invólucro que acompanha o objeto em louvação de convencimento consumista). O problema desse clima de recepção é duplo: por um lado, publicar um texto de crítica hoje que não contenha linhas duras ou irônicas ou ácidas contra a obra criticada parece significar para todos um atestado de que você "compra" o barulho daquela obra; por outro lado, quando se lê um crítico, tem-se o costume de identificar os conceitos que ele mobiliza para compreender uma obra específica como um programa pessoal. É por exemplo o caso das leituras de Walter Benjamin, que procuram nele uma teoria, ainda por exemplo, do flâneur como categoria política de resistência ao tempo do progresso. É preciso, pra ontem, recuperar a ideia da crítica como desdobramento das obras, contra essas duas ideias perniciosas da crítica como tribunal e da crítica como vitrine. A crítica não deve querer canonizar, não deve querer qualificar, não deve querer vender. A crítica precisa desdobrar e tomar (e assumir) a sua posição.

À época, o poeta, coeditor da revista *escamandro*, decidiu me entrevistar.

*

SM — O que é a crítica?[1]

RZ — A crítica talvez não exista. Seria injusto de minha parte querer definir o que é a crítica. Ela não é um gênero, não tem quaisquer características "essenciais" que liguem todos os textos que costumamos chamar de "críticos", nem se restringe a qualquer assunto. Pode falar de um poema contemporâneo como pode falar da economia política (como em Marx) ou das nossas faculdades (como em Kant). Pode se manifestar como um ensaio, como um artigo, como uma carta, como um fragmento. E não se restringe a uma escritura nesses moldes. Pode se manifestar como uma revista (é o caso, por exemplo, da revista *Modo de Usar*, ou desta *escamandro*, e não me refiro aqui aos escritos críticos que porventura figurem nessas páginas), como coletivo, como uma aula. Pode acontecer em um grupo de estudos e em uma mesa de bar. O que não é o mesmo, veja bem, que afirmar que a todo o momento se faça crítica. Dizer isso seria um absurdo. A crítica, na verdade, acontece muito raramente, mesmo entre os críticos. De qualquer modo, acho que a crítica não existe: ela é, somente, possível. Um momento feliz dessas possibilidades aconteceu, inclusive, com uma revista contemporânea da Revolução Francesa, a *Athenaeum*. Isso foi com o Romantismo alemão, quando um grupo inventou de fazer crítica como carta, ensaio, fragmento, escrita coletiva, diálogo e até mesmo como obra de arte.

Agora, existem, certamente, textos que me interessam mais, nessa gama de possibilidades. Não escondo que todas as minhas referências se ligam ao projeto crítico de Walter Benjamin — ainda que com alguma reserva. E não somente por qualquer preferência pessoal; somado a isso,

[1] Publicado originalmente na revista *escamandro*, em julho de 2018.

acho que certos críticos multiplicam a crítica como possibilidade. É o caso do próprio Romantismo alemão, de que falei. É importante recuperar o significado histórico do Romantismo no seio da crítica literária. Porque eles se insurgiram contra duas posturas bastante perniciosas tanto lá como aqui. Em primeiro lugar, eles tentaram demolir o tribunal das artes, aquela crítica normativa que quer fazer papel de juiz da arte e, com poucas provas e muita convicção, separa os bons livros dos livros ruins. Em segundo lugar, combateram também aquele olhar paralisante sobre as obras de arte, daqueles que consideram, quando estão diante de uma, que estão vendo qualquer manifestação do outro mundo, diante da qual se deve permanecer calado. Como os românticos alemães, penso que a crítica pode ser outra coisa. Nem juiz, nem espectador, a crítica tem essa oportunidade de desdobrar as obras, de ser uma espécie de coautora. Uma máquina de possíveis da própria obra. Diante da crítica, pode ser que um poema não seja só um poema, mas todos os poemas que ele poderia ter sido. É exatamente por isso que uma forma que não tomamos como crítica pode sê-lo. É o caso do apêndice de *Variations on the right to remain silent*, de Anne Carson, em que a tradução obsessiva de um único poema de Estesícoro funciona como a sua crítica.

É claro que com isso a crítica tem a ver com uma reorientação da leitura e do debate sobre as obras. Porque a crítica, para desdobrar as obras, precisa também desmontá-las, destruí-las, para reuni-las em outra configuração. Em outras palavras, a crítica, se quiser desdobrar as obras, precisa também matá-las. Essa foi uma intuição de Walter Benjamin, quando quis superar certos impasses dos românticos. Dessa forma, a crítica é também um modo de ler, ou uma multiplicação das formas de leitura. Isso é de extremo interesse para um tempo como o nosso, que, diante da aceleração do mundo e da aceleração dos modos de ler e fazer, tem na crítica a possibilidade de freio: como é em Marx, em Kant, como é com os movimentos sociais. A crítica tem essa oportunidade maravilhosa de frear a leitura, impedir que ela siga em linha reta, multiplicando, assim, tanto obra quanto leitor.

Essa multiplicação das possibilidades é a pré-condição da política. Se se quiser uma definição, talvez se possa dizer isso: a crítica é a política das coisas. No caso da crítica literária, em que a pólis, a cidade, são os textos literários, a crítica é a instauração da ágora que paralisa o tempo, no lugar do fluxo ininterrupto do nosso desejo consumista com arte.

SM — Resolvi começar com essa pergunta um tanto ampla e vaga porque parti de um comentário — o qual você reformula nessa resposta — recente seu, em que você dizia que "é preciso, pra ontem, recuperar a ideia da crítica como desdobramento das obras, contra essas duas ideias perniciosas da crítica como tribunal e da crítica como vitrine. A crítica não deve querer canonizar, não deve querer qualificar, não deve querer vender. A crítica precisa desdobrar e tomar (e assumir) a sua posição". Me parece, portanto, que você concebe a crítica também como uma forma de *poiesis*, i.e., de criação, de fabricação — ainda que pela via da remontagem dos objetos após seu desmonte. Como encaramos, então, se a "crítica é a política das coisas", essa relação imbricada entre criação artística, produção crítica e posição política do sujeito — como é o seu caso?

RZ — É uma coisa confusa e mal resolvida, como qualquer relação. Porque, se tiver qualquer aparência de bem resolvida, não é relação. Um coletivo, uma relação amorosa, a imbricação de posições (criativa, crítica e política): em tudo isso ou o ruído aparece, ou ele é abafado.

Do ponto de vista dos meus trabalhos, nem sempre fica claro onde começa uma coisa ou onde termina outra. Por exemplo, com relação às minhas traduções experimentais, que publiquei aqui na *escamandro*, de *I am Vertical*, da Sylvia Plath, eu não sei se elas são traduções, poemas, crítica ou posicionamento político. Dizer que são tudo isso é dizer pouco. Agora, o que eu sei é que uma visada crítica paralisa essas coisas e nos aponta caminhos de leitura possíveis, obstruindo os caminhos de leitura usuais.

Do ponto de vista dos meus interesses, é claro que eles estão mais fortemente com quem produz esse tipo de ruído. Em filosofia, em arte, em política. Essa força produtiva de inclassificáveis. Guilherme Gontijo Flores e Marília Garcia têm uma produção (positivamente) confusa nesse sentido, só para ficar com dois exemplos de poetas contemporâneos. No caso de um livro como *Troiades*, você fica sem saber se aquelas coisas são traduções, se são poemas do Guilherme, se são comentários à história da humanidade, se são tratados sobre a escrita da história ou se são um desdobramento dos fragmentos de Benjamin sobre o conceito de história. No caso de Marília, a leitura de *Um teste de resistores* radicaliza um procedimento que os românticos alemães tentaram explorar: a inserção da crítica da obra na própria obra. Não é novidade nem mesmo no Brasil esse procedimento, conhecemos a sua força em Machado de Assis. Mas a radicalização desse procedimento no *Teste*, ou em poemas como "é uma lovestory" e "é sobre um acidente", leva o leitor a desacelerar a sua leitura até os limites de sua impaciência.

Talvez seja essa impaciência, essa agitação interna, algo que antecede as obsessões ou as desistências (porque ou você joga o jornal pra longe ou você entra numa), que eu procure com isso tudo. Não é política ainda, mas desaceleração e impaciência são uma espécie de dupla dinâmica na preparação para a política. Mas é mais fácil falar disso nos outros.

SM — Bem, você é uma das pessoas à frente do projeto da Oficina Experimental de Poesia, que parece buscar possibilidades de reinventar os espaços políticos da poesia e de suas formas de construção, bem como, através da proposição de novas práticas e saberes, colocar os corpos em ocupação, nas ruas — penso isso, sobretudo, a partir do texto de Luiz Guilherme Barbosa, companheiro seu na OEP, a respeito das ocupações secundaristas. Para você, portanto, o que há de político na poesia?

RZ — Não há nada de político na poesia. Ou há tudo, o que é dizer o mesmo. O que quero dizer é que nada distingue a atividade de fazer e ler poemas ou outras obras da de fazer e usar sapatos. Mas, como toda atividade, a poesia possui um sistema produtivo, modos de circulação, fluxo de capitais, transmissões de herança, isto é, toda uma economia: uma economia que pressupõe apagamentos, repressões, e tudo o mais de que se compõe a nossa barbárie social. Como toda atividade, também, ela possui uma chance de politização, no sentido não de possuir ou não uma política, mas de interferir na política. Se "tudo é político", conforme afirmam, somente algumas atividades podem realizar alterações, de fato, no sistema produtivo. Agora, essa politização é um pouco misteriosa: porque ela pode acontecer consciente ou inconscientemente, e pode ser feita nos lugares mais insuspeitos. Pois não se restringe aos conteúdos revolucionários, nem às formas revolucionárias.

Por exemplo, é mais importante que haja mais proletários fazendo poesia do que exista uma poesia que tematize a revolução ou o proletariado e suas condições. É mais importante o projeto de democratização dos meios produtivos, e da transformação dos consumidores em produtores, do que qualquer conscientização política. É mais importante que os grupos minoritários ocupem os lugares-chave no sistema produtivo do que a sua mera inclusão como tema nos "produtos" desse sistema. É o que aconteceu com as universidades, ainda que de maneira limitada e com contradições absurdas, na era Lula.

E ingressar no sistema produtivo não significa o seu ingresso como mão-de-obra. Mas no processo produtivo completo. Nesse sentido, Hélio Oiticica é um modelo perfeito. Quando levou à frente o seu projeto "Éden", por exemplo, tentando criar bolhas criativas para os participantes, ou quando projetou e materializou o parangolé como arte-movimento em processo no corpo do participador (nunca o espectador), Hélio encarnava a sua máxima "só têm razão de existir os inventores". É também o que o Luiz Guilherme Barbosa faz como professor-artista-crítico-propositor.

Não apenas escrevendo sobre as ocupações, mas transformando as suas aulas na Oficina Ato Zero, em que os estudantes aprendem a história do soneto enquanto fabricam sonetos com seus *smartphones*. Nesse sentido, Luiz Guilherme desacelera a própria história dos sonetos em colaboração com os secundaristas, muitos deles os mesmos que ocuparam as suas escolas e visibilizaram o trabalho produtivo que sustenta uma escola de pé.

É por isso que apostamos muito na Oficina Experimental de Poesia como um lugar que é experimental não tanto com relação à poesia (embora haja poetas experimentais na oficina) e mais como um lugar experimental em si. É a oficina que é experimental. Tentamos ter alguma imaginação política, nesse sentido. E seguir, de alguma forma, o ensinamento de Benjamin: um escritor deve formar não tanto leitores quanto outros escritores. E é claro que o ruído aparece, acontecem rupturas, climões, discussões públicas, e todo tipo de tensão. Quando todos produzem, os desejos estão em cena. Como no amor.

SM — Eu tenho perguntado isso a todos os entrevistados, de modo que não posso me furtar a também lhe infligir esta pergunta. Portanto, Zacca, você tem alguma consideração própria acerca do que seja poesia?

RZ — A gente não tem como responder isso sem ser de duas maneiras: ou a gente é leviano, ou a gente é cético. Como um cético, isto é, como alguém que se formou em História e tende a acreditar que as coisas são o que as pessoas convencionam histórica e socialmente a chamar de tal ou qual forma, e como eu acho que a gente não deve fazer papel de juiz sabichão e dizer pras pessoas o que é isto ou aquilo, pode-se dizer que tudo o que se convenciona chamar de poesia é poesia. Não existe nenhum critério objetivo, além do discurso sobre poesia, que garanta a categorização de algo como poesia ou não.

Agora, me permitindo ser um pouco mais leviano, que é o que geralmente a gente tem mesmo de melhor, essa nossa leviandade, eu acho que a poesia é um tipo de defeito. Toda vez que acontece algum defeito — no discurso, na pessoa, nos usos dos eletrodomésticos, no diálogo, na aula, na revista, na coletiva de imprensa, no drible, no exercício de casa da criança —, é possível que estejamos diante de poesia. A poesia não nos torna melhores, nessa concepção leviana que estou imaginando agora, ela expõe o que há em nós de mais defeituoso. E é por isso que a poesia acontece mais quando um poeta erra do que quando um poeta domina todo o seu aparato técnico (embora eu tenda a aconselhar que se estude muito o aparato técnico que nos legaram diferentes tradições poéticas). Uma coisa sem defeitos raramente me interessa.

SM — O Leminski fala algo parecido com isso num vídeo que circula pela internet — para ele, poeta é o sujeito que nasce com algum defeito que lhe confere a disposição de achar graça e beleza onde ninguém percebe. Enxergar o erro como possibilidade, como potência, talvez. Mas me parece ainda uma mirada um tanto preciosista e angelical da figura do poeta. Bem, eu também tenho pedido geralmente aos entrevistados que tracem um breve panorama da poesia contemporânea. Peço aqui, no entanto, que você faça esse "panorama" através das leituras que vêm movendo seu desejo, i.e., das coisas com defeitos que têm lhe interessado.

RZ — A diferença, talvez, entre essa posição do Leminski e a minha, é que eu não localizo isso no sujeito. Inclusive, ministrando oficinas a gente percebe isso muito bem: trabalhadores estão muito mais sujeitos à abertura para o defeito do que sujeitos que se consideram poetas, seja essa autoconsideração a de um poeta profissional, marginal ou ermitão. Nesse sentido, procurei mais falar de poesia do que de poetas ou de poemas. Há diferenças.

Quanto a um panorama, nesse sentido, acho algumas coisas incontornáveis. Mas, como não acredito em listas extensas, vou fazer um corte bem preciso, me permitindo o esquecimento. Angélica Freitas e Lucas

Matos produzem defeitos discursivos partindo de convenções sociais que precisam mesmo ser desmontadas. Heyk Pimenta e Marcelo Reis de Mello ostentam o fracasso como condição de coragem, como eu sempre quis ver. Josely Vianna Baptista me deixou de cara com o seu *Roça barroca*. Valeska Torres, entre a geração mais nova, tem chegado com força pra nos desestabilizar. E Leila Danziger é uma artista e poeta insuperável quando se trata de arquivo, memória e a relação da palavra com a imagem. Aliás, os poetas precisam voltar a conviver com outras formas. Estão um pouco autocentrados. A poeta mais viva que eu conheci ano passado foi Eleonora Fabião. Onde está Eleonora que não conosco?

SM — Quero encerrar nossa entrevista com as "perguntas clássicas" que Clarice Lispector costumava fazer sempre a cada entrevista — e que agora parecem estar se tornando as minhas perguntas clássicas também. Qual é a coisa mais importante do mundo? Qual é a coisa mais importante para a pessoa como indivíduo? E o que é amor?

RZ — Para as duas perguntas, a mesma resposta: é estar com a moçada. Viva a moçada! É poder tomar uma Coca-cola com a Ana. Ficar de cara com a poesia do Edimilson de Almeida Pereira e querer contar pro Guto. Entupir-me de pão francês na casa do Edu enquanto o Grajaú anoitece conosco. Dormir na casa do Gustavo e ver a sua mesa empilhada de livros de poetas vivos enquanto ele mesmo está empilhado de vida. Tocar de madrugada num podrão que tenha cerveja com o Luiz Gui e com o Gui. Ter crescido com o Vini e sua voz macia. Contar pra Duda o que ando comendo e saber dela também. Almoçar com minha mãe. Ouvir a Jessica arrastando o "r" quando fala merrrda. Cantar até de manhã com a Mari. Rir com a Julya das mesmas piadas todos os dias. Rir da Bianca Madruga tentando fazer passinho, e comemorar isso com ela. Achar bonito demais o Thiago Gallego. Gostar de Ana Martins com o Dani. Ver crescer o Zoé. Dançar com o Marcelo. Ganhar 7belo do Fred e fingir que não gosto de cinema para irritá-lo. Me tornar amigo de minha irmã Ana. Ver o Heyk sorrir como o diabo. Fazer macarrão com a Ju. Ver os olhos da Jo se encherem de água por tudo. Concordar com o boato de que o Flávio é mesmo o maior gato. Rir de tudo que minha irmã Carol faz. Ouvir o Lucas cantando *luna luna llena*. Ser repreendido pelo Marona por ter feito um poema malcriado para o Recife. Trocar figurinha de comida com a Estela. Ver as mãos do Ítalo tremerem. Conspirar com a Iza. Discutir funk carioca e paulista com a Natasha Felix. Fabular que o Thadeu Santos e o Vini Melo são meus mozões conceituais. Comer uma tapioca com meu pai na feira. Ter saudades do Khalil. Brincar com os moleques do Méier. Gostar de Olodum e Timbalada com os Lucas. Redescobrir o Revelação como a banda do amor e da moçada. Sentar no Codorna do Feio com o pessoal do Nise. No Favo de Mel com a Oficina. Para as duas perguntas. É estar com a moçada. Nem que a moçada seja bichos e plantas. Viva a moçada!

CRÍTICA E CRIAÇÃO

Em 2018 publiquei *A estreita artéria das coisas*, livro de poemas, pela editora Garupa. A Patrícia Lavelle é professora no departamento de Letras na PUC-Rio. Pesquisadora e tradutora de Walter Benjamin. Poeta (publicou *Bye bye Babel* pela editora 7Letras). Essa breve introdução serve de explicitação de alguma afinidade eletiva nessa situação: ambos estamos interessados em crítica e criação e ligados por fundamentos teóricos que remontam a W. Benjamin.

Realizada por e-mail há algum tempo, esta entrevista com o crítico e poeta Rafael Zacca prolonga uma correspondência. Diferente da conversa, a correspondência implica uma certa distância não apenas no espaço, mas sobretudo no tempo — nela se opera um entrecruzamento paciente de leituras. Por isso as cartas conservam uma certa abertura, permitindo a escuta atenta do que na pressa corriqueira às vezes silencia. A troca epistolar mantém, de fato, uma afinidade eletiva com a paciência da verdadeira crítica que não é um juízo imediato sobre o valor estético da obra mas — como queriam os pré-românticos alemães — estudo e reflexão de sua forma. Não por acaso, a correspondência foi praticada com tanta constância por críticos como Walter Benjamin ou Mário de Andrade, que também foram escritores.

Soa anacrônica a evocação da correspondência literária num momento em que as redes sociais ocupam um espaço crescente nas relações interpessoais, no campo literário e até na política? Nem tanto. Abrindo espaço para discussões importantes, as mensagens que trocamos no mundo digital podem ser consideradas como formas contemporâneas de correspondência que desestabilizam hierarquias e democratizam o acesso ao espaço público. Entretanto, também desencadeiam crises, rupturas e agressões pessoais lamentáveis. Talvez isso se deva ao imediatismo das trocas, à ausência de distanciamento entre a emissão, o envio e a recepção das mensagens, assim como à confusão que provocam entre o público e o privado, as reivindicações políticas legítimas e os interesses individuais mais imediatos.

Já há alguns anos, Rafael Zacca vem atuando como crítico de poesia para vários jornais, blogs e revistas literárias, incluindo a revista Pessoa, *e tem se destacado nessa atividade. Paralelamente à escrita ensaística, mantém uma produção poética própria. Além de várias plaquetes de poemas, publicou recentemente pela editora Garupa* A estreita artérias das coisas, *seu primeiro livro no formato tradicional.*

Patrícia Lavelle

*

PL: Como você avalia a situação da crítica de poesia hoje?[1]

RZ: Viver a crítica é, a princípio, uma atividade muito solitária. Sempre que alguém lança um livro de poesia, reclama da escassez de leitura — é porque não escreveram crítica... A sensação é a de que ninguém está lendo. É claro que, depois de alguns meses ou anos, você fica sabendo de um estudante que partiu de uma resenha sua para criar um projeto de pesquisa, de um professor que utilizou algum texto seu em sala de aula, de um leitor que comprou um livro por causa de seu ensaio. Mas veja bem, você tem um ou dois leitores, que você fique sabendo, para cada texto. Então é um mistério para mim quando e se alguém lê essas críticas. Por um lado, pelo aspecto mais pessoal da coisa, tudo bem, eu escrevo crítica por mais motivos. É um jeito de viver a poesia, pra mim.

[1] Entrevista publicada originalmente na revista *Pessoa*, em maio de 2019.

A situação da crítica, por outro lado, me parece delicada. Depois da década de 1990 — a última em que ainda existiu um bom trânsito entre os espaços midiáticos (via suplementos literários, geralmente) e a academia, quando críticos de dentro e de fora das Universidades se correspondiam por colaboração ou por polêmica —, a crítica tem se refugiado nos espaços especializados. Coisas muito boas ficam guardadas ou nas gavetas ou sob as chaves do estilo e do jargão técnico dos depósitos de teses, dissertações e revistas acadêmicas.

Quero dizer: pouca coisa boa vem à luz nos jornais, nas redes sociais, nos espaços não especializados, e com forma correspondente. E não faltam, absolutamente, bons críticos, nem bons ensaístas. Conheço pessoalmente muitas pessoas que admiro nesse sentido. Falta, talvez, certa vontade de praça, de atuação em espaço público, e de fazer com que algumas descobertas feitas em espaços de pesquisa encontrem outras formas e outros fins fora dos *campi* universitários ou dos grupos de estudo.

Em outras palavras, há algum tempo a crítica perdeu um pouco a sua força no desdobramento das formas literárias. O que é uma pena, pois a crítica tem um papel fundamental na oxigenação da vida da poesia. Alguns espaços têm sido importantes, nesse sentido, na retomada da reflexão e do desdobramento para além do julgamento e do impressionismo: a revista *escamandro*, a revista *Pessoa*, a revista *Grampo Canoa* da editora Luna Parque são alguns exemplos. Cada uma com mais ou menos força no caso específico da poesia. Mas ainda me parece que alguma coisa pode ir adiante. Talvez seja necessário procurar, como vacina contra a solidão do saber especializado, a possibilidade de "vulgarização" da poesia mediante um avanço da crítica nos espaços públicos.

Em 2017, em um seminário no Laboratório da Palavra, na UFRJ, sobre as novas formas da crítica, organizado pelo Eduardo Coelho e pela Beatriz Rezende, propus, e sustento essa posição, que a crítica deveria repensar o seu papel e as suas formas de atuação em direção a uma "vulgarização" da poesia. Vulgarização, nesse caso, tem menos a ver com a "facilitação" de certos conteúdos do que tem sido escrito e mais com a sua incorporação na carne do comum. Não para disciplinar a poesia, torná-la palatável, nada disso; mas sim, para fazer com que ela se torne matéria do discurso comum, digamos, entre a seção de esportes e um anúncio de eletrodomésticos no jornal.

Para isso, precisaremos reinventar as nossas formas de escrita e as formas de circulação dos textos. Talvez a melhor maneira de aprender a direção desse movimento seja lendo e incorporando coisas que a própria poesia tem feito. Desde a década de 2000, poetas já têm feito esse movimento com maestria. Foi o crítico russo Roman Jakobson quem notou que a poesia se desgastava com o tempo, somente para depois procurar no vulgo, nas formas linguísticas do povo ("o povo é o inventa-línguas", escreveu Maiakóvski) novo direcionamento e material. A crítica talvez possa fazer o mesmo. Essa vulgarização pode não só expandir como transformar e transvalorar os recursos, as lentes e as armas da crítica contemporânea; pergunto-me o que poderia, por exemplo, para partir de uma forma de atuação muito em voga nesta década, um coletivo de crítica.

PL: E como você pensa a relação entre crítica e criação poética, que me parece tocar de modo significativo a questão da leitura e da releitura?

RZ: A crítica e a poesia podem colaborar ou concorrer. A concorrência acontece quando uma tenta dominar a outra — e frequentemente a crítica quis dominar a poesia. Por exemplo, quando a crítica pretende domesticar a poesia de acordo com critérios prévios do que seja o verso, o poema, a criação, qualquer coisa que o valha. O contrário também acontece, quando um poeta tenta capitalizar a sua poesia com jargões gastos sobre a nulidade, o ressentimento ou a falta de poesia "da crítica", "dos críticos" etc. Trata-se de um preconceito — bem fundamentado, é verdade, pela prática da crítica como julgamento. Dificilmente sai algo de produtivo das relações de dominação, seja no mundo do trabalho, seja no amor, seja na arte.

Penso que poesia e crítica podem colaborar. O que está em evidência na poesia não são aqueles que a criam (poetas) nem aqueles que pensam sobre ela (críticos), mas o próprio texto em que a poesia acontece. Mas esses textos só acontecem enquanto leituras. Rigorosamente, cada leitura produz um texto. Nesse sentido, um poema é uma leitura de uma obra. O *Poema sujo* que Gullar efetivamente escreveu é, desse ponto de vista, uma "leitura" do *Poema sujo* tanto quanto um texto crítico. Ambos ajudam a *realizar* o *Poema sujo*. O poema é o estar sendo da poesia; a crítica também. O poema é, portanto, um momento da obra; a crítica também. E também as traduções e todos os textos que se podem desdobrar daquela primeira leitura, grafada por Gullar na Argentina entre maio e outubro de 1975.

A crítica é a chance de colaboração com a obra. O crítico é, portanto, um coautor. Essa ideia não é nova, ela está em um ponto chave da história da crítica, e é crucial no pensamento e na atividade do primeiro Romantismo alemão. Como eles, como os irmãos August e Friedrich Schlegel principalmente, penso que a crítica tem um papel fundamental, único mesmo, no desdobramento da arte. A crítica, se feita com delicadeza e em intimidade com a matéria da obra, faz com que ela se pense a si mesma. Ou seja, é no momento da crítica que a obra toma consciência de que não é um ser estático, de que não se reduz a um único texto no papel, mas que pertence a um devir que depende da leitura para se realizar. A crítica é a autoconsciência dessa leitura.

E, ora, nada mais importante para saber ou continuar a escrever do que saber ou continuar a ler. Poetas poderiam desejar ardentemente a crítica se se dessem conta disso. De todo modo, a poesia e a arte podem sobreviver e muito bem sem a crítica. Ela não existe por necessidade. Além disso, há momentos em que a própria crítica não precisa de críticos: basta ver como ela pode frutificar no interior das próprias obras, vide os últimos trabalhos de Marília Garcia, que ensaiam a autorreflexão, ou de outros artistas brasileiros de outras épocas, como Hélio Oiticica ou Machado de Assis.

PL: Em *A estreita artéria das coisas*, o sujeito lírico é frequentemente projetado num animal, ou ainda numa espécie de coletivo singular: um nós, um nome próprio que se omite na evocação de outros nomes... Isso tem relação com a vivência das oficinas de poesia e suas práticas coletivas de leitura e escrita?

RZ: Eu não tenho certeza sobre isso. O que eu posso afirmar é que a vivência na Oficina Experimental de Poesia, que frequentei, articulei e organizei, junto a outras pessoas, poetas e não poetas, desde 2013 até o seu fim, em 2018, alterou significativamente a minha poesia. A guinada se deu tanto em direção às pessoas e aos animais, como você bem notou, como aos materiais. De alguma forma, essa vivência me fez desconfiar do meu lirismo (embora eu continue sendo um poeta lírico), da minha experiência mais imediata de mim mesmo, porque essa experiência começou a me parecer tediosa, insuficiente ou pouco real.

Ainda com relação aos nomes próprios que povoam o livro, acho que consigo arriscar outra possível influência. A chegada da poesia de Frank O'Hara ao Brasil, uma aproximação que desenvolvi só recentemente com os poemas de Manuel Bandeira, de Ana Cristina Cesar, mas também de uma novíssima geração que não esconde a interlocução e os afetos de sua existência, contribuíram para esse desejo de povoar a minha poesia com nomes de pessoas. E também porque uma das coisas mais bonitas que conheço é o refrão de "Gente", de Caetano Veloso.

PL: Gostaria que você contasse um pouco sobre a oficina experimental que funcionou no cinema Imperator, no Méier, e sobre a sua participação nesse projeto.

RZ: A Oficina Experimental de Poesia surgiu em 2011, e eu não estava lá. Foi com os poetas Heyk Pimenta e Marcelo Reis de Mello. Seria possível traçar um perfil diferente para essa oficina em cada ano de existência, porque os membros variaram muito. E a Oficina já teve como sede muitos lugares diferentes: uma livraria em Santa Teresa, uma sala da editora Oito e Meio, um galpão do coletivo És uma maluca, em Vila Isabel, o Centro Cultural Laurinda, e terminou no Centro Cultural João Nogueira, o Imperator.

Durante muito tempo funcionamos como um laboratório de estudos pensando o que acreditávamos, ingenuamente, ser o fenômeno total da literatura: criação, leitura (singular e conjuntural), produção e reflexão. Então desenvolvemos cinco encontros básicos pra dar conta disso: *Oficina*, em que um de nós propunha um exercício de criação para o grupo (a partir de um manual de versificação, a partir de um jogo de teatro, inventando uma ferramenta etc.); *Tapetão*, quando estendíamos uma porção de livros de poetas vivos (esse critério só foi rompido uma vez em toda a história da oficina, quando lemos Stella do Patrocínio) num tapete ou numa canga e decidíamos juntos o que leríamos naquele mês; *Livro do mês*, quando líamos de fato o livro; *Autorx do mês*, quando convidávamos a pessoa para uma sabatina ao vivo; e *Lanternagem*, quando levávamos nossos próprios poemas. Na *Lanternagem* fazíamos um exercício de fala franca: quem escrevera o poema ficava quieto, não podia nem ler o próprio texto, e o grupo lia, debatia e sugeria modificações.

Depois, a partir de 2016, deixamos os encontros mais flexíveis, e em 2017, se não me engano, fizemos muitos encontros dedicados ao corpo, com pessoas do teatro, da performance etc. Foi uma guinada do grupo nesse sentido também. E foi uma escola bem diferente para mim nesse ano. Todo o período na Oficina foi muito intenso e formativo: imagina só, a gente fazia esses encontros todas as semanas, sem exceção, até em feriados, e só fazíamos pausa em janeiro, às vezes em fevereiro. Então eram, todos os anos, dez livros de poesia discutidos coletivamente, dez testes de ferramenta etc., isso no mínimo. Sem mencionar os encontros informais...

PL: A cidade é uma referência constante em *A estreita artéria das coisas*. Fico pensando num outro sentido da palavra artéria, que remete à circulação sanguínea mas também pode querer dizer rua, "artéria urbana". A vivência urbana é um elemento desencadeador da sua produção poética?

RZ: Essa leitura é incrível, Patrícia, porque ela atinge algo que é antigo em mim. Entre 2008 e 2012 eu escrevia muitos contos e esperava sair com um livro. A imagem que eu queria transformar em título e não sabia como era a da artéria urbana e do sangue amarelo, das luzes amareladas na cidade do Rio, essas ruas de iluminação quente. O projeto de contos ficou na gaveta. Acontece que alguns poemas de *A estreita artéria* começaram a ser escritos em 2008 também. O amarelo e as artérias urbanas certamente seguiram nele. Mas eu não estava consciente disso, entende? A sua leitura torna isso consciente pra mim. Então, sim, é bem provável que a vivência urbana tenha desencadeado muita coisa pra mim. Como alguém do subúrbio, que viveu todos os seus anos na Zona Norte do Rio de Janeiro, e que cruzava a cidade para ir ao cinema, à Universidade, à livraria, ao centro cultural, eu sempre fiquei muito tempo, uma ou duas horas, nos ônibus, todos os dias. Principalmente nos anos de graduação, pegando três transportes para ir até a Federal Fluminense, em Niterói. Isso fez do ônibus o meu escritório. Ou seja, eu circulava, e circulo, lendo e escrevendo, de passagem pela cidade.

PL: A primeira parte do livro, intitulada "Crianças", no plural, também me parece estar associada à experiência de pluralização, objetivação e projeção da voz lírica num outro que também tem a ver com a experiência plural da cidade. Essa série me faz pensar na *Infância em Berlim por volta de 1900*, do Benjamin. Essa leitura foi importante na elaboração desses poemas?

RZ: Como eu pesquisei o Walter Benjamin nos últimos dez anos, a resposta é sim e não. Sim porque é inevitável — há, inclusive, um poema no livro que recebe o mesmo título de um texto do Benjamin conforme a tradução naquele volume da Brasiliense, um texto do *Rua de mão única*, no entanto. E o anjo da história também aparece, num poema de transição entre a parte chamada "Crianças" e a seguinte.

Mas especificamente o *Infância em Berlim por volta de 1900* eu tentei, conscientemente, evitar. Porque as leituras me emocionavam demais, e eu tinha medo de começar a escrever como Benjamin, tanto teórica como poeticamente. Se essa influência ficou, foi provavelmente por falha das minhas defesas (e as defesas sempre falham).

PL: Essa não é bem uma questão, mas uma leitura/comentário que gostaria de compartilhar com você e confrontar com as suas próprias impressões. "Criança que come e assiste o pai chorar após um telefonema", por exemplo, traz uma temática próxima de "Notícia de uma morte", um dos capítulos de *Infância em Berlim*, que inverte o *déjà vu* proustiano para falar de uma experiência infantil que só ganha sentido anos depois, na rememoração. Mas no seu poema a emoção contida no corpo parece antecipar de modo confuso o sentido da experiência:

> agora o menino, contra a natureza
> de homem, deita, e espera
> a noite, o pescoço ardendo,
> (não sabe ainda que a memória
> arma uma bomba relógio
> com fios delicados
> de desejo e sacarose). (ZACCA, 2018, p. 29)

Também gosto muito de "Criança que brinca com uma chapinha de garrafa", que em quatro versos diz muito e parece constituir um contraponto do que citei acima:

> Hermética e aberta a tampa
> do caixão espera

o faz de contas
é um lento abridor de garrafas (Ibidem, p. 19)

RZ: Foi imediata a ligação agora entre os poemas de "Crianças" e o *Infância em Berlim*. Eu realmente não tinha me dado conta do parentesco do primeiro poema que você comenta com "Notícia de uma morte", mas é tão claro! A gente pensa sem saber que está pensando, né? Esse poema mistura também duas coisas, uma que colabora pro seu comentário, outra que o complementa. O poema, num primeiro plano, fala sobre uma criança que come leite condensado e vê o pai chorar após saber que um amigo morreu; mas é também, no plano de significação, uma ponderação sobre a história das guerras mundiais, quer dizer, todo o plano metafórico se desenrola como comentário à Guerra dos Sete Anos e às Guerras do século XX, passando pelas bombas cronometradas e a terrível prática de se treinar cães antitanques. O que acaba unificando rememoração e história em uma indistinção produtiva, e isso certamente tem traços benjaminianos. Só agora, com esse comentário seu, compreendo o parentesco entre os títulos de minha seção e do livro de Benjamin.

A outra coisa é que esse poema atualiza também um poema de Ferreira Gullar, "Verão". É um poema que faz as pazes com o Gullar, e é de luto também, depois que ele faleceu. Eu tinha uma relação muito ambígua com ele, a distância, claro, por conta de seu passado militante e de seus últimos anos tão conservadores. Essa ambiguidade foi desfeita, talvez tarde demais, porque eu gostaria de ter visitado o poeta, ter-lhe dito certas coisas boas. Nesse sentido, a notícia de morte atravessa, no poema, tanto a história quanto a poética e as minhas experiências quando criança — no fundo não correspondendo a nenhuma delas, porque eu acho mesmo é que não é papel da poesia encontrar essa correspondência. Ela faz justiça às coisas por outras vias.

IV
DOIS SOBREVOOS

FORMAS NÔMADES NO FIM DE UM MUNDO[1]

Situação da poesia na breve década de 2010

para dirigir-se ao contemporâneo nu,
deitado como um recém-nascido
nas fraldas sujas de nossa época.
Walter Benjamin

1. Pinheirinhos, que alegria!

O usuário que abrir o seu *YouTube* e digitar agora no campo de busca "Pinheirinhos" provavelmente irá se deparar, como eu, com um conjunto de vídeos de apresentações escolares de Natal ao som da canção "Alegria de natal". O primeiro verso cantado é "Pinheirinhos, que alegria!", seguido de um festivo "tra-lá-lá", tudo em coro de crianças. O primeiro dos que

[1] Em maio de 2019, o poeta Lucas Matos, em nome do coletivo Bliss não tem bis, me convidou para colaborar com a revista *Bliss X*, em comemoração aos dez anos do coletivo. Escrevi e enviei a primeira versão – muito próxima da versão aqui apresentada – em setembro do mesmo ano. O texto final, modificado em 2020, foi publicado na revista em 2021.

encontro[2] mostra, de acordo com Vivi Guskuma, que fez o *upload* do arquivo, uma apresentação do Natal de 2010 — segundo o nosso calendário gregoriano, último ano da década pregressa. Seu título: "Pinheirinhos que alegria!".

Print screen (0m14s) do vídeo "Pinheirinhos que alegria!", upload de Vivi Guskuma, publicado em 27 de dez de 2010.

"É Natal que vem chegando", anuncia a canção. As crianças com roupas e gorros vermelhos sentam-se e balançam a cabeça. Não sei se estão alegres. Não sei se estão tristes. Não sei que vida levam. Não sei se os moradores

---

[2] https://www.youtube.com/watch?v=1r815VLvrMQ. (Nota acrescentada em 1º de maio de 2020: Escrevi este texto entre maio e setembro de 2019. O *link* estava disponível à época – hoje, infelizmente, se perdeu. Volto ao *YouTube*. Digito a mesma coisa na caixa de pesquisa, e encontro o seguinte vídeo: https://www.youtube.com/watch?v=rkQG9F9lyNU. Quem fez o *upload* foi a Marleide Oliveira. Tem outro comprimento (Marleide não acrescentou uma legenda-prefácio ao vídeo, como a usuária anterior), mas a memória me assegura de que é o mesmo registro. Logo mais, reproduzo no texto imagens que, no primeiro vídeo, se encontravam aos 14s – neste, agora, salvo engano, corresponde aos 6s – e aos 2m03s – nesse novo vídeo, isso corresponde a 1m53s. Não sei se esse segundo vídeo ainda estará disponível.)

de Pinheirinho — comunidade inaugurada em 2004, no município de São José dos Campos, em São Paulo — cantavam "Alegria de Natal". Eu não conhecia a canção, até esbarrar com ela enquanto procurava pelos inúmeros documentários a propósito da história da comunidade que cresceu até talvez nove mil habitantes.

Pinheirinho tinha igrejas (pelo menos seis evangélicas e uma católica), estabelecimentos comerciais, associação de moradores, espaços de lazer e uma praça chamada Zumbi dos Palmares. Antes, o terreno estava abandonado — pertencia à Selecta S/A, uma empresa falida desde 1990 — e foi ocupado por famílias pobres da região do Vale do Paraíba.

Quando eu era criança, estive no Vale do Paraíba, com minha mãe, meu pai e minha irmã Carolina. Fomos para Itatiaia, que fica do lado fluminense do Vale. Lembro-me de duas coisas dessa viagem. Primeiro, que fazia muito frio, é a memória mais antiga que eu tenho de sentir o corpo gelado sem saber o que fazer para aliviar a sensação de congelamento. Lembro-me das narinas queimando (tive a mesma sensação diversas vezes depois, ao respirar gás lacrimogênio enquanto ocupava as ruas em 2011, 2012, 2013 etc.). Em segundo lugar, que minha irmã e eu provocamos muito uma cabra durante toda a viagem. Ela ficava parada e nós fazíamos careta, cantávamos, pulávamos — a cabra, presa num cercado, olhava-nos com aparente indiferença. No último dia de viagem, não percebemos que a porteira estava aberta. A cabra correu em nossa direção a toda velocidade. No meio do caminho, pulei até a cantina e escapei; minha irmã, não. Seguiu correndo, até chegar a uma piscina, em torno da qual pôde correr por muito tempo, com a cabra no seu encalço, até que o bicho desistisse da desforra.

Os bichos às vezes desistem. Forças repressoras frequentemente não. Embora os advogados da Selecta S/A tenham, em abril de 2011, requisitado a retirada do pedido de reintegração de posse, às 6h da manhã do dia 22 de janeiro de 2012, 1500 homens da polícia militar de São Paulo chegavam a Pinheirinho e jogavam bombas e *spray* de pimenta, atiravam com armas de borracha, batiam com cassetetes e ameaçavam homens, mulheres, pessoas idosas e crianças. Mais de 600 processos foram abertos contra o Estado de São Paulo por abuso policial: David Washington Furtado foi um dos gravemente feridos após ser atingido pelas costas com bala de fogo e perdeu 60% dos movimentos;[3] pelo menos um policial foi flagrado em vídeo espancando morador e foi afastado;[4] Ivo Santos foi golpeado repetidas vezes por três policiais e ficou desaparecido por dias até ser encontrado na UTI no dia 5 de fevereiro — faleceu no dia 9 de abril;[5] e uma família denunciou ter sido abusada sexualmente e pilhada por policiais da Rota durante a desocupação.[6]

Idem (2m03s).

[3] http://www2.ovale.com.br/2.836/justica-de-s-jose-adia-decis-o-sobre-juri-de-guarda-municipal-1.498712

[4] http://www1.folha.uol.com.br/fsp/cotidiano/22250-acao-da-pm-acaba-e-area-de-risco-e-invadida.shtml

[5] https://www.redebrasilatual.com.br/cidadania/2012/04/acoes-apuram-danos-coletivos-atos-de-excecao-e-morte-no-pinheirinho/

[6] https://ultimosegundo.ig.com.br/brasil/sp/moradores-do-pinheirinho-denunciam-abuso-sexual-praticado-por-pm/n1597613622183.html

No vídeo "Pinheirinhos que alegria!", a pessoa que tem a câmera na mão focaliza em uma pequena menina de franjas. Ela tem talvez seis ou sete anos. Exatamente aos 2m03s, a menina, que está de joelhos e que tinha as mãos pousadas sobre as coxas, ergue a cabeça, e parece olhar com melancolia para a plateia. Nesse momento, seu semblante é idêntico ao de minha irmã Carolina quando ela tinha seis ou sete anos e correu da cabra em Itatiaia. Não sei se minha irmã era triste. Acho que era, pelo menos tão triste quanto eu. Principalmente nos natais. Eu nunca compreendi o anúncio da alegria nos natais. É como se o fim do ano devolvesse tudo aquilo que recalcamos com ideologia. A caridade não acabava com a pobreza, mas a realçava; não rasura, como uma caneta tinteira, mas faz como um marca-texto quando o riscamos sobre a página. A gentileza não tornava os dias mais delicados, mas relembrava-me da dureza que retornaria.

Em 2010, as crianças de "Pinheirinho que alegria!" ouviam os versos "vem chegando o Natal"; em 2012, as crianças de Pinheirinho perdiam suas casas. Entre os dois instantâneos, está o ano de 2011, em que foi publicado *Roça barroca*, livro híbrido de Josely Vianna Baptista, que conta com poemas, traduções de cantos dos Mbya-Guarani, além de material ensaístico e glossário guarani. Lá podemos aprender sobre a *yvy marã'ey*, a "terra sem mal" que os Mbya-Guarani procuram, antes que o sol e a lua sejam devorados, nessa ordem, pelo morcego *Mbopí recoypý*. Também que o termo guarani que designa o "amanhã", *ko'eramo*, pode ser traduzido, a partir de seu sentido literal, pela expressão "se amanhecer". Com essa forma de sensibilidade do tempo, um poema de Josely Vianna Baptista, em *Roça barroca*, diz o seguinte:

> pode que a noite
> hoje
> se furte a amanhecer
> a terra desmorone
> nos bordos do poente

e outra vez o sol
como antes
não desponte (BAPTSITA, 2011, p. 120)

Esse foi o último poema da década de 2000 — menos no sentido cronológico que no de uma estrutura de sensibilidade. Década que não acabou na virada para 2011. Ela acaba com o massacre de Pinheirinho. A nova década exigiria táticas nômades de resistência e sobrevivência política, como também de sentir-afetar. Por isso também o poema de Josely antecipa a década: a de 2010 começa com o pressentimento de que seria preciso construir "moradas nômades" (esse é o título da seção de poemas autorais em *Roça barroca* de Josely Vianna Baptista). Não por acaso seriam esses os deflagradores de junho de 2013, o grande fantasma da época: a luta pela moradia mais digna (que levaria o fortalecimento de uma liderança do Movimento dos Trabalhadores Sem Teto à sua candidatura presidencial em 2018) e a luta pelo direito à mobilidade (o Movimento Passe Livre acenderia a pólvora do barril daquelas que foram talvez as maiores manifestações da história do país). No plano da palavra, isso significaria também uma época de disputa e ocupação dos significantes com novos significados: trata-se de uma era da comunicação memética, em que os vocábulos são inseridos num campo de forças que se batem em uma guerra aberta do sentido — que se converteria progressivamente em uma guerra total e irrestrita ao próprio sentido (é interessante perceber a recorrência do tema da casa em algumas publicações. As questões da distância da casa com relação ao mar, no Rio de Janeiro, em Bruna Mitrano; a casa fantasmagórica no livro homônimo de Mariano Marovatto; a casa em que Leila Danziger faz o luto do pai em *Ano novo*; o tema da mudança em *Escala Richter* de Leonardo Gandolfi; a correspondência doméstica entre Ana Martins Marques e Eduardo Jorge em *Como se fosse a casa* etc.).

2. Novo formalismo na breve década de 2010

À maneira do século xx, que para o historiador Eric Hobsbawm poderia ser caracterizado como breve, porque teria por marcos 1914, a Primeira Guerra Mundial — que tornou incontornável a demanda por um outro mundo e as disputas entre o mundo socialista e capitalista —, e a queda do Muro de Berlim em 1989, também a década de 2010 é curta. Mais ainda, ela é um heptassílabo. Seus sete pés começam em 2012 e terminam em 2018.

O massacre de Pinheirinho é o primeiro marco, porque essa é a década em que os processos de remoção das classes populares de suas casas andam de mãos dadas com a escalada da falta de perspectiva para a construção de novas moradas. O fim do pacto de classes da era lulista, a que se referiu Gilberto Maringoni,[7] significou também o fim do pacto de não destruição do próprio povo. A escalada de uma direita a um só tempo neoliberal e populista no Brasil — que substituiria a direita psdbista — culminaria no ano de 2018, ao se consolidar como uma nova era de entreguismo dos destroços da própria nação. Por isso o segundo marco, que encerra a década, pode ser fixado no incêndio do Museu Nacional. A eleição de Jair Messias Bolsonaro para a presidência da República é o primeiro evento da década de 2020, em que fomos lançados prematuramente com a missão de sobreviver aos incêndios, catástrofes e desmontes que não têm origem somente na figura do presidente, mas na de todos os atores sociais que ajudaram na construção de sua campanha e aceitabilidade de suas pautas.

As forças que destroem o país operam com um procedimento ideológico básico: esquecimento do passado por meio de sua estabilização. Por isso, um marco importante de suas ações foi o fim das Comissões da Verdade, dedicadas a revolver e atualizar o passado ditatorial militar brasileiro. Não é pouco significativo que, nesse contexto, poetas formalistas tenham se dedicado a uma atualização destruidora da tradição. Refiro-me ao trabalho de nomes como Guilherme Gontijo Flores, João Gabriel Madeira Pontes,

[7] https://www.cartacapital.com.br/politica/dilma-e-o-fim-do-pacto-do-lulismo/

Josely Vianna Baptista, Age de Carvalho e André Capilé. Esses poetas dinamizam a tradição e mobilizam a força do testemunho do ocorrido (frequentemente são poetas tradutores, a tradução aparece como esse testemunho) com o do agora.

Em *Troiades*, por exemplo, Guilherme Gontijo Flores, convoca toda a tradição dos oprimidos em postais que chegam ao país como cartas daqueles que foram derrotados historicamente. Funda, assim, uma espécie de correspondência entre os perdedores não apenas de Troia como de toda a história humana, e os atualiza na sua forma aqui e agora, no Brasil. Outra é a estratégia de André Capilé, ao fundir e contaminar as formas da rua e das religiões afro-brasileiras com as da tradição do ofício do poeta versificador. Esmero na versificação e ritmo e a dicção das encruzilhadas não se opõem — fundem-se em uma poesia extremamente material, em que a voz lírica não se concretiza num conteúdo narrativo da tradição (nem clássica europeia nem afro-brasileira), nem em uma experiência pessoal que se conta a si mesma. Trata-se de uma tática de ocupação da tradição da versificação com modos de vida sempre ameaçados na história desse país ao desaparecimento a partir de uma experiência tão singular quanto os objetos e as coisas e os bichos que encontra — ou *nem isso*, como em *Rapace*: "eu/não mais/me sei sequer/um bicho/me sei talvez/o bicho/que na corda/é hábil e leve/pássaro rapace/bicho quê/ave-não/carece ninho."

Seja como for, em todos esses poetas, há um projeto de refundação do povo brasileiro, não em sua unidade, mas em sua pluralidade — seja de temas, seja de formas, seja de modos de dizer. As encruzilhadas, o estrangeiro, os povos originários, os derrotados da história, tudo isso é convocado nessa poesia como um conjunto de ruínas que testemunham não um povo que passou, mas um povo que está passando. Seu apelo tradicional não se alia a nenhum nacionalismo estanque (é preciso repetir que muitos dos formalistas são tradutores?). Não se sabe se se davam conta, esses poetas, de que escreviam uma espécie de lápide antecipada. Depois do incêndio do Museu Nacional, o antropólogo Eduardo Viveiros de Castro sugeriu que se mantivessem as ruínas do Museu como sua nova estrutura. Sem recuperá-lo.[8] Porque, de fato, ele é irrecuperável. Como o país. Agora vivemos nas ruínas. *Parque das ruínas*, de Marília Garcia, é o primeiro poema da década de 2020 — apresenta-nos textos que vivem da e na ruína (do país, das universidades, da arte). Textos que nos ajudam a organizar os nossos afetos de desesperança.

3. Aprendendo o nomadismo

Em 2011, parte da classe média ligada à Universidade, às artes e à política (de modo geral três grupos com atores e procedimentos relativamente dessemelhantes) ocupou as praças públicas das capitais reproduzindo os movimentos de "ocupai" que aconteciam também nos Estados Unidos. Eu estava lá também, dormindo com frio na Cinelândia. Enquanto isso, contingentes cada vez maiores de jovens de bairros periféricos entravam nas Universidades e atravessavam a cidade todos os dias, horas a fio nos transportes públicos, para estudar e, muitas vezes, trabalhar. Dois eventos de naturezas distintas, com consequências distintas para as diferentes classes, que significaram para grande parte da juventude um nomadismo existencial a desprender os seus afetos dos lugares fixos a que a geração anterior se acostumara.

Eventos sucedidos e reforçados pelas Jornadas de Junho (de 2013), por um lado, e pelas ocupações das escolas públicas (principalmente em 2016), por outro. A sensibilidade daí surgida foi linguisticamente fotografada por *Ocupa*, de Dimitri BR, que escreveu um livro mobilizado pelas formas de vida que emergiriam na década: transexualidade, reivindicação por autonomia da juventude, autogestão, reformulação da escola e refuncionalização dos saberes, recolocação do corpo como matéria de política (poeticamente articulada com as diferentes operações com o significante

---

8 https://outraspalavras.net/outrasmidias/viveiros-de-castro-ve-o-incendio-no-museu-nacional/

"cu"), tudo isso em diálogo aberto com a parte alegre do modernismo brasileiro, principalmente Oswald de Andrade. Isto é, alguma poesia da década continuou com algum diálogo com o cânone modernista que a precedeu — mas radicalizou os procedimentos de intervenção e questionamento desse mesmo cânone. É o que acontece também com Maria Isabel Iorio, por exemplo, num poema como "Virilha", que relê a "Quadrilha" de Carlos Drummond de Andrade a partir de questões de gênero, ou Mariana Basílio, que em *As três mal-amadas* retorce o poema "Os três mal-amados" de João Cabral de Melo Neto (que por sua vez se desentranhou também de "Quadrilha", de Drummond).

O nomadismo existencial foi respondido pela parte conservadora com sedentarismo político. A outra parte da juventude contra-atacava e dobrava a aposta. Essa outra face se mostrou com toda a sua força verde e amarela na virada que ocorreu em meio às Jornadas de Junho, quando as manifestações, que começaram com pautas mais concretas e à esquerda, terminaram convertidas, como num passe de mágica, em pautas abstratas, logo capturadas pela direita. Lembro-me de ter saído às ruas no dia 20 de junho de 2013 extremamente excitado — éramos milhões nas ruas. No meio da noite eu chorava, sentia-me perdido, não encontrava nenhum dos meus — não entendia como havia parado entre faixas que pediam o retorno dos militares ao poder e que injuriavam a presidenta Dilma Rousseff com imperativos sexuais.

Durante a ditadura militar, o nomadismo estético foi uma importante tática de fuga do nacionalismo (forma de sedentarismo cultural) e de seus aspectos autoritários e moralizantes. É o que defende Silviano Santiago em "Os abutres". Se o crítico percebia essa atitude em expoentes da geração como Caetano Veloso e Waly Salomão, hoje diferentes poetas carregam a mesma bandeira dos exilados. O exílio se converte nos afetos nômades e inomináveis de Natasha Felix, com o seu amor por aqueles que têm a cabeça suja (*Use o alicate agora*). Em Renato Negrão, experimentalismo do corpo e da linguagem não se opõem, e *ready-made* e poesia de experiência significam uma mesma coisa (no seu *Vicente Viciado*, a fala do jogador Dadá Maravilha é semelhante à fala do poeta; o amor de um casal se materializa em conceitos de Hélio Oiticica — "nosso amor é meta esquema", "nosso amor é parangolé"). Em *O Martelo*, de Adelaide Ivánova, a ambivalência de um personagem que concentra as silhuetas do amante e do agressor contamina a ambivalência das palavras, como no poema-dicionário que articula os sentidos da palavra martelo, um objeto que serve tanto para pregar coisas quanto para dormir com tranquilidade (isto é, como arma de autodefesa).

Negrão realiza táticas nômades de sobrevivência na linguagem; Felix mobiliza táticas nômades, com a linguagem, para sentir-afetar; Ivánova sobrevive com um martelo de linguagem como puro significante, receptáculo de significados nômades. Sintomas do exílio de uma geração que não vive apenas de melancolia pelo que foi perdido. Seja como for, a celebração do corpo e da linguagem não substituem a revolta contra o real e a exposição da desesperança. Como em Heyk Pimenta, que acumula os exílios sobre si:

Exílio

eu sou a raísa
eu sou o giovani e o joannes
eu sou a caroll
eu sou o berimba
eu sou o victor e o bacana
o túlio
o sergio
eu sou a lucia

tomaz
ander
luciana
mariana

eu sou todos os exílios da década

minha mãe e meu pai
minha irmã
cada um a seu tempo (PIMENTA, 2010, p. 45)

O poema é de seu *Sopro sopro*, de 2010, mas anuncia certa poesia e estrutura sentimental que se seguiria. Em seu livro *A serpentina nunca se desenrola até o fim*, de 2015, as formas da festa e do comício (como em Torquato Neto — "Coisa mais linda que existe") se fundem, porque o corpo que ama e sorri é o mesmo que se destrói, desespera e luta na cidade. Ao ler um poema como "Caminhão pipa", não sabemos se estamos diante de uma cena de carnaval ou de protesto. Se é maníaco ou depressivo o afeto mobilizado. O nomadismo aqui se configura como uma convivência das afecções contraditórias. Em alguma medida insustentáveis, fruto de um tempo que alimentou uma geração para depois retirar-lhe as esperanças — "amanhã não vai ser melhor", nos diz Heyk Pimenta (um dos gritos de guerra das Jornadas de Junho, cabe lembrar, era "amanhã vai ser maior"), enquanto o despertador do poema nos relembra "mas não resta saída crianças".

4. O retorno do épico

A poesia épica tem um de seus fundamentos nas épocas nômades. Ela canta a fundação das cidades, dos povos, das nações e, a partir do valor das empresas e das ações dos heróis, o valor de uma cidade, de um povo, de uma nação. O retorno a um nomadismo existencial hoje antecipou a épica que viria no futuro — porque sabe-se que não haverá o final da empreitada, que as ações não irão resultar num agrupamento assentado, porque o futuro não acontecerá.

Trata-se, portanto, de uma poesia épica sobre ações que não encerram nenhum valor. E que valoriza o sem valor, como epopeia negativa. Como em Alberto Pucheu, em que se valoriza não uma poesia da potência, mas um poema impotente, que por ser impotente pode afirmar, negativamente, como aquilo que pode em seu não-poder — é o que depreendemos de *Para que poetas em tempos de terrorismo*. Nesse sentido, a obra de Pucheu se insurge politicamente de maneira singular em meio a outras poéticas politicamente articuladas: é a partir da impotência política da poesia e de sua unidade (apenas aparentemente) fundamental, o verso, que seus versos se afirmam, esgarçando o limite da prosa que há no verso. Trata-se de uma versificação negativa.

Esse esgarçamento não é produzido apenas por Pucheu e tem sido testado aqui e ali, em projetos também aparentemente distintos, mas que guardam esse parentesco formal. Como em Thiago Camelo, ou nos trabalhos de Tatiana Pequeno. Os longos títulos, o seu caráter logopaico (para falar nos termos de um conceito de Ezra Pound, que assim classifica a poesia que nos afeta por sua concentração de sentido pelo poder de pensamento que a palavra poética pode carregar) apontam para o aspecto ensaístico dessa poesia, como em "Breve ensaio contra a minha indiferença à cracolândia do Jacaré", de que se destaca o trecho:

> Avanço protegida por uma película
> de vidro - esta janela - por onde
> filtro cegada pelo sol o bebê caído
> de uma teta mirrada de mãe verde
> entrando pelo coletivo e assumindo
> seu desejo de transbordar tudo o
> que for falta. Queria escutá-la mas
> havia uma transparência imanente
> eu a trouxe para cá, todavia
> queria que ela falasse no poema
> ela pede centavos para não morrer
> e diz a cerveja poderia me ajudar a parar
> a cerveja no entanto é muito lenta
> abro a bolsa constrangida porque
> aqui sou eu que tenho pele demais
> aqui sei que estou retornando à casa
> aqui gaguejo e murmuro ainda constrangida
> pela visão do bebê absorto pendurado

no semelhante peito caído
posso te fazer algo a mais e
ela diz me dá dinheiro e depois me esqueça
muitos dizem sentimos muito e é provável
que não haja nada que possamos fazer
(...) perdoa-nos a pele, perdoa a indiferença dos poetas,
perdoa as notas nos bolsos,
fica. (PEQUENO, 2019, p. 23-25)

De todo modo, seria preciso identificar o que, nesses poetas, se configura como um esgarçamento prosaico do verso (o que se testa nos versos longos com elementos não necessariamente narrativos) daquilo que caracterizamos como o retorno do épico. No caso desse último, comparar o seu ressurgimento hoje, no verso, com as transformações que recebeu o gênero épico no auge da história do romance, a forma moderna da epopeia, pode ser instrutivo. Tanto lá como aqui, trata-se de um processo de fusão de diferentes gêneros. Uma configuração híbrida do épico: hibridismo com o drama, como em Carlito Azevedo (*O livro das postagens*) e Catarina Lins (*Teatro do mundo*); com o retorno da lírica, como em Alice Sant'Anna (*Ao pé do ouvido*), retomada já em curso nas décadas anteriores; como com o próprio romance, num jogo reflexivo da narrativa ocasionado pelo encontro entre as duas aparições épicas, como ocorre de maneira decisiva na poesia de Leonardo Gandolfi (*Escala Richter*).

Por outro lado, a poesia épica também reaparece na forma dos *slams*, que se fortaleceram a partir das rodas de rima e hoje ganham boa parte da juventude periférica que, como outrora, volta a ouvir experiências significativas narradas em voz alta. E, como antes, organizada em círculos. Desta vez, no entanto, as experiências significativas são colocadas em confronto umas com as outras, na forma de um combate da palavra. O que se disputa, no entanto, não é o valor da narrativa, mas qual *slammer* é capaz de fazer maior justiça a essas experiências. A poesia feita nos *slams* articula não apenas um coletivo que se representa num herói, mas um coletivo que se mostra, que se apresenta, em ato, como sujeito/herói de si próprio.

É possível testemunhar o caráter épico dessa poesia tanto nos rituais que abrem e anunciam os *slams* quanto nos versos falados em cena. Em uma apresentação da poeta Gênesis, por exemplo, disponível em https://www.youtube.com/watch?v=hA-aANP949c (publicado pelo perfil Slam das Minas RJ), ouvimos, como se pode ouvir tantas vezes no Slam das Minas, Tom Grito (à época usando o nome de Letícia Brito) convocar a plateia ao dizer "Slam das...", e o público responder em uníssono "Minas" — todas essas vozes que respondem à mestra de cerimônias podem reivindicar o seu espaço e o seu lugar de fala. Depois, no poema de Gênesis, ouvimos a *slammer* declamar:

> tudo muda e eu aprendi isso há um segundo e há um milhão de anos quando ainda nem era a loucura de permanecer a mesma e transpassar as eras renascendo lá do outro lado sendo parida por uma explosão tudo muda e eu aprendi isso agora que não sobra nem dinheiro nem dignidade. (Transcrição do autor)

Singular e coletivo, o *slammer* é qualquer um, ou um qualquer. Não porque não tem valor, pelo contrário: seu valor não ultrapassa o de qualquer pessoa que venha ao centro do palco reivindicar o seu espaço entre as disputas. Para afirmar o valor, basta encarnar a palavra em seu corpo. O corpo alcança, assim, o poder de conferir dignidade à experiência tanto quanto a palavra. Dessa forma, também as experiências singulares ali apresentadas podem muito bem ser as de um coletivo que se articula transgeograficamente tendo como médium alguém que incorpora o coletivo por breves instantes, ainda que se anuncie como um eu. Isto é, fundam um povo que se instaura menos num lugar físico (ainda que muito dessa poesia se faça mobilizando imagens de favelas e bairros pobres específicos) e mais em um lugar teórico comum que liga aqueles que vivem em situação periférica e que têm seus corpos ameaçados.

A década termina, inclusive, com a preparação dos livros de *slammers* — em 2019, por exemplo, veríamos chegar a editoras e livrarias de destaque (antes apenas dedicadas a outro tipo de poesia, pertencente a outro contexto de produção e de recepção) livros como os de Valeska Torres e Tom Grito (sob o heterônimo de Letícia Brito). Enquanto a década de 2010 foi marcada pela produção independente de pessoas que se fazem poetas nos *slams*, a década de 2020 se prepara para fazer circular em outros circuitos essa poesia que deve muito às formas orais — relativamente deixadas de lado por alguma cena das duas décadas anteriores (de toda forma, é preciso dizer ainda que os *slams* se ligam — ainda que existam diferenças tanto na estrutura do evento e na geografia proposta quanto no extrato social daqueles que participam dele — a uma série de atividades culturais que mantiveram a cena da poesia oral viva. Como o CEP 20.000, no Rio de Janeiro, desde a década de 1990, e a Cooperifa, em São Paulo, desde a década de 2000).

5. Guerra aberta ao sentido — crise da representação e *fake news*

A experiência de minha geração: a palavra entre os extremos do *único sentido algum*. O único (que aniquila o diferente) e o algum (que esvazia qualquer discurso) travam uma espécie de luta nos significantes. Toda palavra se converte em campo de disputa. Tudo começou pela crise da representação (antes de tudo, política, mas também estética) e terminou com a proliferação do *nonsense* bem-humorado e da mentira mal-intencionada (entre a estética dos memes e as *fake news*).

Desde 2011, com os movimentos de ocupação de praças públicas, de Wall Street à Cinelândia, o problema da crise da representação se tornou incontornável. Essa desconfiança sobre a democracia representativa só aumentou, culminando com os números elevados de abstenção nas eleições, com o descrédito dos partidos políticos etc. Marcos Nobre afirmou em "Imobilismo em movimento" que o desafio deste século é "reinventar a política", uma vez que política significa, há muito tempo, em grande medida, a substituição da participação pela representação. A reinvenção política deveria ser capaz de reverter essa substituição. Um dos pontos do Manifesto de Maio do Occupy Wall Street, ainda em 2012, era: "demandamos pelo desenvolvimento de uma democracia mais participativa, incluindo direta e não representativa."[9]

Esse duelo entre representação e participação pode ser traduzido na crise das formas simbólicas da política. O símbolo é uma unidade entre representante (singular) que representa o representado (um deus, uma ideia, uma coletividade, que seja). Essa unidade configura uma estética, naquele sentido de que fala Rancière, quando concebe a vida em sociedade como um comum sensível (que ele chama de "partilha do sensível") que visibiliza os que têm direito à voz e que podem tomar parte nos assuntos do comum (os representantes), e invisibiliza os representados. Segundo Rancière, "existe, na base da política, uma 'estética'", em que "um recorte dos tempos e dos espaços, do visível e do invisível, da palavra e do ruído que define ao mesmo tempo o lugar e o que está em jogo na política como forma de experiência." São as formas simbólicas dessa estética que entram em crise hoje.

Na passagem da palavra do grego para o latim, a mimesis fica conhecida como *imitatio*, perdendo a sua conotação de imaginação e ficção que tinha na antiguidade grega, e se consolida como mera representação daquilo que se quer representar. Configura assim, mais que aquele afastamento da verdade que Platão condenava, um afastamento entre signo e significado. Justamente na época em que a democracia participativa (ateniense) dos cidadãos cai em favor de uma república (romana) na qual um senado representa um povo. Participação e imaginação se atrofiam conjuntamente. Parte da história da arte documenta essa crise política, na forma da crise da representação estética. Daí a evolução das artes alegóricas ao longo do tempo, com seu auge na modernidade, e a decadência das simbólicas. O Classicismo simbólico (herdeiro de leituras normativas da *Poética* de Aristóteles) encontrou seu melhor adversário no Barroco alegórico. A alegoria evoluiu como um tipo de produção de ruído e de fundo realizou

[9] https://www.theguardian.com/commentisfree/2012/may/11/occupy-globalmay-manifesto

uma exigência política: ela visibiliza uma massa de elementos que não podem ser reduzidos a um representante.

No Brasil, alguma poesia contemporânea apresenta a um só tempo a crise da representação e a demanda por participação. Não o faz negando o registro mimético no sentido da *imitatio*, nem o acolhe por completo. Opta, na verdade, por uma confusão dos dois registros, o da imitação e o da imaginação, a partir da mistura do ficcional e do biográfico. Com isso, não representa a própria vida, mas sua poesia participa dela, dividindo o que chamaríamos de eu-lírico e de eu-biográfico, ambos e a um só tempo, em "participante" e "participado". Essa forma chega a formas opostas e complementares em Ana Martins Marques e Marília Garcia. *O livro das semelhanças* e *Um teste de resistores* merecem ainda uma leitura mais que comparativa — colaborativa.

No primeiro é preciso realçar a fusão do dia a dia com a metáfora, com a convivência essencial entre coisas e imagens, que podem se afetar mutuamente na poética de Ana Martins Marques. A sua poesia faz fundir o monólogo da solitária com os encontros que ela poderia ter tido, fazendo-os reviver, não como mentira, senão como desvelamento das potências recalcadas, no agora da leitura. No caso de Marília Garcia, encaramos a palavra poética entre o diário, a ficção, o ensaio e o choque entre o agora da escritura e o ocorrido. O registro confessional, supostamente menos político, porque supostamente mais ligado a uma individualidade que se desloca da *pólis* para o âmbito privado, atua politicamente porque age justamente nas condições de inteligibilidade da política atual, isto é, desestrutura e confunde as formas da representação. Com isso, realiza a tarefa inadiável de tomar aquilo que é de foro privado como objeto de politização. É o que acontece também com poetas como Paloma Vidal, Leila Danziger, Annita Costa Malufe, Manoel Ricardo de Lima e Leonardo Gandolfi.

De qualquer maneira, esses poetas respondem, de forma sutil mas decisiva, à condição de guerra civil que se instalou no centro da palavra na década. A guerra aberta do sentido se tornou, em outros expoentes, uma guerra total ao sentido. Correspondem a um estado material de transformação da postura ativa da luta por moradia e transportes em uma crise identitária (situação, aliás, que deu ensejo à formação de novas possibilidades afetivas dentro da precariedade concreta e psíquica apresentada pela década. Essas possibilidades se transformam, pouco a pouco e progressivamente, em poemas e imagens, e se manifestaram das formas mais distintas. Como na vida sensível daquilo que ameaça desaparecer dentro dos ônibus, em *Sobre as linhas extintas*, de Taís Bravo; ou ainda, como na figuração dos afetos, na origem e no destino geográficos dos corpos superpostos ao preço das passagens nas imagens do, ainda em processo, *Diário de pegação* de Márcio Junqueira). Poderíamos dizer que existe ainda uma terceira poesia que responde a esse estado de coisas; mas seria impreciso dizê-lo, uma vez que o que se apresenta nessa poesia não pode ser nenhuma resposta. É, antes, a reformulação dos enigmas. Em sentido estrito, os enigmas se perderam em nossa época. A crise do sentido não se dá em uma batalha pela formulação das perguntas. É desse ponto de vista que poemas como os de Edimilson de Almeida Pereira (principalmente em *qvasi* e *E*) se demonstram urgentes. Enigma defeituoso, quase enigma, os poemas de *E*, livro de Edimilson que veio a público em 2017, recuperam as qualidades oraculares da poesia, menos ao sugerir os futuros do escritor ou do leitor e mais ao suscitar as perguntas mais fundamentais diante do verso. Que é isto que estou lendo? É uma pergunta que se torna verdadeiramente possível em uma poesia logopaica e que só permanece como pergunta porque o enigma se estrutura na sua quase forma. Da mesma maneira, as formas do desentendimento na poesia de Júlia Studart forçam-nos a perceber o conflito do logos no próprio sujeito, que, mais do que dialógico, apresenta-se com um logos fraturado. Porque fraturar o logos com a palavra do poema é outra forma de sustentação do enigma.

6. Fim do mundo e enterro dos ossos

A década de 2010 anunciou o fim do mundo. Esse fim significava o desmonte do país. Como na década de 1970, em que a ditadura militar pautou não apenas uma postura entreguista, como também a de desarticulação de aparelhos culturais. A esse propósito, conferir as notas de rodapé do ensaio de Cacaso sobre Chacal, intitulado "Tudo da minha terra", que pode ser conferido em *Não quero prosa*, pela editora da Unicamp. Como na segunda nota, em que Cacaso nos conta que

> A imagem de território devastado vai aos poucos tomando conta de nosso cenário cultural e universitário, como consequência da edição do AI-5 em fins de [19]68, e do Decreto-lei, 477 no início de [19]69. Segue um período sombrio. Aí, por volta de maio de [19]75, um clima geral de descompressão vai logo se traduzir numa multiplicação de debates públicos em âmbito nacional, os quais trariam à superfície, finalmente visíveis, os sinais processados por alguns anos de achatamento e exceção. (BRITO, Antônio Carlos de. *Não quero prosa*. Org. Vilma Arêas. Campinas: Editora da Unicamp; Rio de Janeiro: Editora da UFRJ, 1997)

Ler o ensaio de Cacaso em conjunto com o já canônico de Schwartz (1978), sobre política e cultura em 1965-1969, configura uma sinistra historiografia da capacidade de desmembramento da esquerda e de seus avanços nos meios de produção intelectual.

Embora o desmonte somente se anunciasse ainda, poetas nos apresentaram o mundo depois do fim. Tudo se passava como se antecipassem o futuro. Nesse sentido, a poesia fez o enterro dos ossos antes da queima geral — e produziu, por extensão, alguma pedagogia. Ensinou formas de linguagem que pudessem articular sintaticamente uma época após um trauma.

Como a linguagem da escassez de Josoaldo Lima Rêgo, que enxugou os poemas como quem limpa os ossos. Os versos econômicos nos mostram imagens depenadas, como em "Floresta", de *Carcaça*:

Abrigo
do mundo-solto
O percurso
decisivo
& nômade
O gosto dito
engenho
A extinção
certeira (RÊGO, 2016, p. 25)

E, assim como a extinção do verso coincide com a extinção da floresta — não como fim de fato, mas como atrofia dos seus territórios, diminuindo no espaço —, num paralelismo formal, também em outra poesia, como a de Patrícia Lavelle em *Bye bye Babel*, funda um paralelismo entre desentendimento e cisão da sociedade civil e perda da linguagem na multiplicidade de línguas. Enquanto progressivamente as pessoas se desentenderam na década, e muitas vezes desfizeram relações de amizade e amor na radicalização das agendas políticas no país, de forças recalcadas por mais de 20 anos desde o pacto da redemocratização, Lavelle viu no mito da torre de Babel a possibilidade de dar forma alegórica a uma situação ao mesmo tempo existencial e histórica dos que vivem hoje. Testemunha a alegoria dos afetos no fato de que a poeta tenha realizado a sua tarefa também mobilizando o tema do erotismo e do amor, o que faz surgir em seu livro uma espécie de subtexto, como se contasse de eros na era do desentendimento.

Também é alegórico o rosto da crise de tudo o que se insinua na poesia de Lucas Matos. Frequentemente alegoria e clareza do discurso não andam juntas, e as imagens mobilizadas assim tendem a um algum hermetismo. Não é o caso da poesia de Matos, que materializa o apocalipse a partir da fusão dos procedimentos da alegoria e da criação de personagens. Como na invenção de Marianne K., heroína que figura em seu *Três semblantes*, e que conhece o mundo a partir de sua condição endividada (é preciso estudar ainda como o humor produz nessa poesia o antídoto contra o hermetismo — a função anti-hermética do riso desenvolvida e ensinada nos dois livros de Angélica Freitas, incontornáveis na tarefa de compreender o que se passou nessa década em matéria de poesia, o *Rilke Shake* e *Um útero é do tamanho de um punho*).

Entre a alegoria e o realismo situa-se o livro de Marília Floôr Kosby, *Mugido*, que produz, nos poemas — a partir da linguagem naturalista colhida da prática das parteiras de vacas —, um parentesco maior entre as fêmeas bovinas e as mulheres que entre estas e os homens. Dá, assim, à forma zoológica um caráter mais propriamente político. A partir de seu livro, é incontornável diferenciar a possibilidade de uma zoopolítica (atuação política na organização da vida em sociedade e que só se realiza enquanto possibilidade, pois prepara a intervenção sem realizá-la, de fato) da necessidade de uma programática zooliteratura ou zoopoética (destinada a lidar simbolicamente com o problema da alteridade). Também se configuram como zoopolíticas alguns poemas esparsos de Heyk Pimenta, Ana Carolina Assis, Carla Diacov, Guilherme Gontijo Flores, entre outros.

Por fim, a própria concretude da matéria como alegoria do real se articula na poesia de Leila Danziger, que inventaria o mundo num arquivo de imagens-matéria sem realizar operações que distingam ontologicamente o que se vê e o que existe — que distingam aparência de essência. Como no poema "Destroços", de *Três ensaios de fala*:

> dessa vez
> creio que o início de tudo
> foi a persiana que esqueci aberta
> deixando que o sol esquentasse
> em minha ausência
> furiosamente
> dias e dias
> os versos de Celan
> acumulados sobre a mesa
>
> as palavras
>   de madeira e borracha

os carimbos
começaram a derreter e a gaguejar
  — lallen und lallen —
balbuciar e repetir
: destroços celestes
: cinza-e-cinza Ho-sana anéis-almas
de uma forma não prevista no início do projeto
que queria apenas escavar e manobrar
os versos
como se faz com a própria
terra-areia-ar-eu-você-Ossip-Marina
e tantos outros nomes
todos os nomes
impronunciáveis
derretidos
fundidos

aos jornais
que cresceram como erva daninha
em minha ausência
furiosamente
dias e dias
a linguagem informativa
acumulada em pilhas
que era preciso desfazer
esvaziar
apagar
erodir a matéria-jornal
turvá-la de poesia

mas percebi
— surpresa —
  o desastre
  o desvio
tudo fora feito
sem mim (DANZIGER, 2012, p. 15-16)

Diante do desmonte social, econômico e cultural do Brasil, este fim do mundo nos trópicos, duas estratégias poéticas surgem para enfrentar os destroços. Por um lado, há aqueles que apostam na *construção* — de uma identidade, de uma poética, de um programa político, ou mesmo de uma ética. E aqui, sob o signo de uma construtividade, de uma poética que dê maior legibilidade à situação seja do país, seja de determinados grupos (frequentemente minoritários), reúnem-se projetos que trabalham coisas radicalmente distintas entre si: nas esferas do gênero, das questões raciais, das questões jurídicas, daquelas da política partidária, ou mesmo da disputa pelo sentido do passado. Somente sob o signo da construção é possível reunir essas pessoas que em nada se parecem para quem observa questões mais tradicionais da crítica, como as de forma e de conteúdo. São nomes heterogêneos, como os de Adelaide Ivánova (que revisita as formas do trauma da violência de gênero), Lubi Prates (e sua poética do corpo negro), Tarso de Melo (em quem a intimidade e as questões políticas não se podem distinguir), Valeska Torres (que alia o materialismo das coisas "baixas" à subjetividade lírica que ama na violência da "cidade maravilhosa"), Tatiana Pequeno (para quem ética e estética não podem ser distinguidas no sujeito lírico), Pádua Fernandes (e sua revisitação do passado/presente autoritário, policial e militar brasileiro) etc. Poderíamos classificar isso como uma espécie de retorno do engajamento. Mas isso seria dizer pouco, já que nem toda a poética desses autores pode ser reduzida a um engajamento político, pelo menos no sentido tradicional de política.

Por isso é possível falar também em uma parte que se contrapõe às estratégias construtivas, mas que não configura, de maneira alguma, um desengajamento com as questões políticas das diversas esferas que foram mencionadas. Trata-se de uma estratégia poética de negatividade. Apostam mais na *desconstrução* do sentido. São poéticas da negação; no limite, da recusa. É o caso de nomes como os de Bruna Mitrano (cujo primeiro livro se chama *Não*), Ítalo Diblasi (e seu amor às coisas que negam aquilo que nega o mundo — o seu *amor fati*), Fábio Weintraub (com suas formas do trauma), Marcelo Reis de Mello (e suas formas do fracasso), Leila Danziger (cuja poética insiste em mirar os destroços), Mônica de Aquino (e seus jogos de máscara que negam o próprio sujeito lírico como negativa maneira de afirmá-lo) etc. Assim como na reunião de poetas sob o signo da construção, dificilmente se poderia ver semelhança entre esses nomes, a não ser pelo fato de que encaram os destroços do real como algo a se ter permanentemente diante dos olhos. "Diante dos olhos" que se converte, do ponto de vista de uma posição criativa, em recusa em construir (Marx dizia que a última face de um período histórico é a comédia, porque a humanidade precisa se despedir de seu passado com alegria. Seja como for, não deixa de ser curioso notar, na nova e longa década, o surgimento de uma comédia no dia do juízo — como se dá, por exemplo, com *Tudo pronto para o fim do mundo*, de Bruno Brum, e *Fui ao inferno e lembrei de você*, de Luca Argel).

7. Nova barbárie

A breve década foi também a década em que me debrucei sobre Walter Benjamin. Um filósofo das coisas que poderiam ter sido — e que ainda podem ser. Com seus olhos voltados para o passado que sobrevive no presente, Benjamin procurou compreender como aquilo que foi recalcado ou perdido historicamente poderia sobreviver como potência. Não nos bastiões da cultura, mas, pelo contrário, nos daquilo que não pode formar uma tradição, porque sempre interrompido.

Foi provavelmente em 2010, lembro-me de ter ficado muito impressionado com um ensaio escrito pelo filósofo na década de 1930, chamado "Experiência e pobreza". Ali Benjamin defendia que, diante da destruição da cultura, as posturas mais interessantes não eram aquelas que tentavam preservá-la, mas as que aceitavam a tarefa de "construir com pouco" — com as ruínas da cultura. Construir com pouco deve ter me impressionado, porque eu fiz parte de uma geração que ingressou na Universidade sem ter tido muito acesso aos aparelhos e dispositivos culturais acessíveis a outras pessoas que cresceram em bairros centrais. Sem acesso a bibliotecas públicas de qualidade. Sem o domínio da língua alemã ou francesa. Sem ter lido literatura ou ciência social na adolescência. Sem ter saído do país antes dos vinte anos. Sem acesso a centros culturais ou livrarias.

Ter chegado à Universidade abriu esses mundos como possibilidade para essa geração — no meu caso, tanto porque o Rio de Janeiro se abriu em seus outros bairros mais ricos, frequentados por outros colegas de faculdade, quanto porque a era Lula diminuiu a desigualdade entre as classes baixas e médias e as classes mais altas (excluindo-se, é claro, as famílias realmente ricas e que dominam esta terra que um dia existiu e que ainda chama-se por Brasil, embora Brasil já não haja). Se para a classe média suburbana, da qual faço parte, o acesso ao mundo precário e tardio ao mundo da alta cultura foi significativo, mais impactante foi para esse mundo a chegada de jovens realmente periféricos, ainda que em pequenos contingentes. Algo que se transparece como uma sombra no poema "Prazer, esse sou eu", em que se apresenta o poeta André Luiz Pinto (*Mas valia*):

> Prazer, esse sou eu
> filho de doméstica
> numa época em que
> patrões cismavam
> em chamar de filhas
> as mucamas. Eu
> criado numa mansão
> da Barra, obrigado a amar
> patrões como avós
> sem direito de herança.
> Uma coisa aprendi:
> a ler livros e a me irritar
> com facilidade — lá, onde
> o sinal está vermelho
> e sempre acabo errando
> a baliza — onde ninguém
> divide nada, quando
> até quem te chamou de sobrinho

> diz um dia: a casa é nossa
> deves partir. Tá bom, disse.
> Só me dá duas semanas (PINTO, 2016, p. 61)

Com o advento de pequenas e médias editoras, com a difusão das práticas de oficinas literárias, que se multiplicaram na década, com o ressurgimento dos coletivos, dessa vez distribuídos também na periferia das cidades, e com o acesso de novos sujeitos históricos ao modo de produção intelectual, parte da poesia contemporânea brasileira se prepara para construir com pouco. Com fragmentos de alta e baixa cultura, com uma vulgaridade bárbara mais do que propícia, amparada em saberes ignorados ou mesmo combatidos ativamente pelas classes dominantes. Como aqueles artistas da década de 1930, a tônica de sua produção não está num reavivamento do passado perdido, mas na invenção do agora, que, por enquanto, se faz num cemitério. Como aqueles artistas, esses poetas se configuram como uma nova barbárie, que se prepara para sobreviver à cultura, isto é, aos guardiões do poder que queima, destrói e desmonta todos os dias tudo o que existe.

Há quem recrimine em alguns desses poetas uma suposta escassez de pesquisa, o seu esquecimento da tradição, a superficialidade de sua produção. As novas gerações de poetas parecem responder com um riso. Um riso meio bárbaro, meio memético. Respondem com memes (a esse propósito, seria importante definir o papel de *vanguarda dispersa* que algumas poéticas traçam a partir da linguagem memética. Seria possível falar em um retorno de traços da vanguarda, ainda que individualizados em poetas singulares, isto é, que não atuam em conjunto segundo um programa comum, mas que, não obstante, apresentam algo como uma estética partilhada? Isso desde a atuação de poetas e artistas em geral com a palavra e os memes nas redes sociais, até o surgimento de certos livros na década: os que tematizam e usam as postagens, como os de Carlito Azevedo (*O livro das Postagens*), Luiz Guilherme Barbosa (*Postagens e antipostagens*); os que mimetizam a lógica dos algoritmos, como os de

Flavia Peret (*Uma mulher*) e Rita Isadora Pessoa (*Mulher sob a influência de um algoritmo*) etc.). Há quem saúde o gesto com entusiasmo. Desprezo e entusiasmo sevem para apagar poéticas — a crítica, no entanto, pode desdobrar as poéticas e pensar o seu sentido em nosso tempo. Formalismo e experiência; politização pela identidade ou pela intervenção no doméstico; ficção e documentação do real; tradicionalismo e culto do agora; essas dicotomias se tornaram obsoletas na cena contemporânea, e se tornam inteligíveis de maneira complementar quando sobrepostas com a leitura das formas de sensibilidade de nosso tempo. A tarefa da crítica é perceber nesses que compõem "as antenas da raça" os sinais dos tempos que se antecipam neles.

O Brasil acabou durante a década que descrevemos aqui. Não à toa surgiram tantos títulos acusando esse fim, cedo ou tarde: *Canções para o fim do mundo*, de Thiago Gallego; *Tudo pronto para o fim do mundo*, de Bruno Brum; *Quando o céu cair*, de Danielle Magalhães etc. O ocaso do país pode ser lido com muita clareza, de forma mais explícita, na poesia de Wilson Alves-Bezerra, em *O pau do Brasil*, livro feito à época do Impeachment da presidenta Dilma Rousseff, quando grande parte da classe política brasileira foi aos microfones em rede nacional para saudar o moralismo, a não-diversidade da família tradicional, os torturadores do regime militar (material que não apenas Alves-Bezerra manipula em seus poemas, como também David Roy Frankel, em livro semelhante, intitulado *Sessão*, embora se utilizando de forma mais radical de procedimentos de *ready-made*).

Em todos os casos, os poetas parecem estar lidando com um grande retorno: o retorno do real. O real fura a nossa realidade constituída ideologicamente. Os poetas estão tentando se haver com isso com as ferramentas que lhe cabem: as da forma e da dicção. Importa menos o que dizem que a forma como o dizem. Ajudam-nos a receber o real em nossa casa com a sua imaginação estética — é ela que pode socorrer a nossa imaginação política, que por enquanto segue atrofiada. O novo formalismo, o nomadismo existencial, o retorno do épico, a multiplicação dos heróis que fundam a pólis, a substituição do regime representativo pelo participativo, a sustentação do enigma, a cisão do logos, o enterro dos ossos, a zoopolítica — são algumas das ferramentas formais que nos legaram alguns desses poetas.

Pós-escrito

Este ensaio foi escrito tendo como ponto de partida uma pesquisa errática, que se desenvolveu inconscientemente, enquanto de maneira consciente eu apenas atravessava a década e me formava como crítico e poeta. O principal laboratório dessa pesquisa eram os encontros da hoje extinta Oficina Experimental de Poesia, em que outros poetas, artistas, leitores, eu e pessoas com as mais variadas atividades de vida se encontravam para conversar, uma vez por semana, durante anos (até findar nos últimos meses de 2018), sobre poesia contemporânea, poetas vivos, arte, mundo e sobre tudo também. Boa parte do espectro aqui insinuado veio de encontros despropositados, em que líamos os autores não como pesquisadores, nem almejando ensaios como este, mas sobretudo nos desenvolvermos enquanto leitores-fazedores da poesia hoje. Dessa forma, em alguma medida, este ensaio não é trabalho de pesquisa intensiva, mas sim inconsciente; e até certo ponto ele tem como colaboradoras essas pessoas, muitas delas fixas, outras inconstantes ou que apareceram somente um dia. Disto resulta também a limitação deste texto: não é fruto de um programa, então se desenvolveu na erva-daninha e rasteira dos meus círculos sociais mais restritos, daquelas pessoas que frequentam eventos de poesia (principalmente na zona norte) do Rio de Janeiro. Não se trata, portanto, de um retrato *da cena da poesia contemporânea* feita na década. Espero que essas palavras possam ser consideradas como a contribuição que pude dar até aqui para um mapa porvir de *cenas das poesias contemporâneas* que se fazem neste mundo que fingimos ser um único país.

A ATUALIDADE DA CRÍTICA E OS ANJOS DE PAUL KLEE[1]

1

Nossa época parece ter herdado de outras uma infinita capacidade de se desdobrar em catástrofes. Em sua filosofia da história, Walter Benjamin lia a história da civilização não à imagem de um complexo de bens culturais, como tendemos a imaginá-la quando, em nossos mitos modernos, traçamos a linha que levaria do primeiro *homo sapiens* aos *smartphone*, mas como uma história da barbárie. Desse ponto de vista, o marco inaugural da civilização parece ser mesmo um assassinato, como sugere Freud em *Totem e tabu*, com a sua capacidade de criar ferramentas antes orientada para a guerra do que para a cocriação de mundo.

A linha hereditária não seria entre a marreta que constrói e o *chip* que programa, mas entre o martelo que massacra e a bomba que aniquila. Um professor de História, que sofreu algumas violências durante a ditadura militar no Brasil, costumava dizer que o ser humano poderia ser definido como o animal que tortura. Desse ponto de vista, racionalidade e crueldade não estão no ponto oposto da linha evolutiva. É por isso que Adorno e Horkheimer sugerem, na sua *Dialética do esclarecimento*, que o próprio

[1]Originalmente publicado na *Revista Estudos Hum(e)anos*, volume 8, número 1, 2020, na seção "Ensaios Morais, Políticos e Literários", à época sob curadoria da filósofa Jessica Di Chiara.

projeto da razão iluminista, da *Aufklärung*, deveria ser submetido a um processo de crítica.

Formados no projeto da *Aufklärung*, os europeus formularam a solução para os problemas da civilização em termos de uma aposta na tomada de consciência. Seja para demonstrar para o sujeito que suas forças racionais podem superar aquelas forças que naturalmente não podem ser sobrepujadas, seja para evidenciar as opressões que o submetem a um indivíduo ou grupo social determinado. E, mesmo nos últimos anos, um projeto de tomada de consciência sobre a crise ecológica e a possibilidade de destruição da própria vida na Terra tal como a conhecemos parece ser uma das jogadas para a sobrevivência das diversas formas de vida ao cataclisma que o projeto civilizacional ocidental iniciou. Se a vida perecer, dizem os conscientizadores, não será por falta de aviso.

E, no entanto, algo vai mal no reino da consciência. Descobrir que os militares torturavam durante a ditadura, que os nazistas escravizavam e aniquilavam judeus, comunistas, homossexuais, ciganos, portadores de deficiência física etc., nos seus campos de concentração, que a burguesia subjuga o proletariado, que os Estados Unidos usam a democracia como bandeira da guerra, que o aquecimento global e a devastação ambiental avançam em função de nossos modos de vida em uma escala alucinante todos os dias, ou qualquer outra das tragédias contemporâneas, nada disso parece ter efeito sobre nós. Muitos que provavelmente sofreriam com uma ditadura militar exigem o seu retorno; outros, que seriam subjugados e destruídos em um regime neonazista, apoiam ditadores de inspiração de extrema direita; e pouca coisa parece mais importante do que estar bem disposto pela manhã, entrar em um veículo movido a combustíveis fósseis e chegar ao trabalho para mais um dia produtivo. A conscientização tem pouco poder sobre os nossos hábitos, a nossa vida.

Em uma ficção de Coetzee, a escritora Elizabeth Veiga discursa sobre a destruição em massa dos animais promovida pelo gênero humano. É conhecida a comparação que faz da situação com os campos de concentração nazista:

> Estamos cercados por uma empresa de degradação, crueldade e morte que rivaliza com qualquer coisa que o Terceiro Reich tenha sido capaz de fazer, que na verdade supera o que ele fez, porque em nosso caso trata-se de uma empresa interminável, que se auto-reproduz, trazendo incessantemente ao mundo coelhos, ratos, aves e gado com o propósito de matá-los. (COETZEE, 2002. p. 27)

A comparação não é somente devida a uma indústria metafisicamente destinada à produção de morte, mas também tem razão de ser no exame do problema do papel da consciência. Diz Veiga:

> As pessoas que moravam no campo em torno de Treblinka, poloneses em sua maioria, disseram que não sabiam o que acontecia no campo. Disseram que, embora pudessem imaginar, não tinham certeza. Disseram que se por um lado podiam ter sabido, por outro não sabiam, não podiam se permitir saber para se preservar. (Ibidem, p. 24)

Depois de duas palestras na Universidade em que o filho trabalha, Veiga se prepara para se despedir da cidade. A caminho do aeroporto, confessa ao filho que tem cada vez mais dificuldades de se relacionar com as pessoas, já que todos participam de crimes terríveis — e *sabem* que participam. Ela se pergunta a si mesma: "Todo mundo se acostuma com isso, por que você não? *Por que você não*?" (Ibidem, p. 83). E chora desconsolada nos braços do filho. O problema de Elizabeth (que deu uma primeira palestra sobre "Os filósofos e os animais", mas, e não por acaso, a segunda sobre "Os poetas e os animais") é que ela *sente* a destruição histórica. A ligação terrível entre um problema do passado e um problema do agora.

Desse ponto de vista, o problema da história e de sua possibilidade de transformação é um problema estético: é não apenas cognitivo, mas também perceptivo. Como perceber a catástrofe?

2

Em 1940, Paul Klee desenhou o seu *Zweifelnder Engel*. Poderíamos traduzir o seu nome por "anjo duvidando" ou "anjo duvidoso". Ele parece se esconder atrás de sua própria pele. Quase podemos dizer que a veste como uma capa que o oculta. Tanto quanto a dúvida, em português, guarda em sua raiz etimológica a palavra latina *duo*, dois, *Zweifelnder* vem do substantivo *Zweifel*, composto por *Zwei* (dois) e *-haft*. Poderíamos arriscar que o anjo duvidando é o anjo duvidoso.

Ele se assemelha um pouco a um anjo pintado em 1939, chamado *angelus dubiosus*, isto é, com o mesmo nome, mas em latim. O anjo, no entanto, está aquarelado em azul e rosa. À diferença de seu sucessor germânico, tem os olhos esbugalhados e não semicerrados. Não é correto dizer que ele se oculta, mas traz em seu corpo uma duplicidade de cores, como se não soubéssemos, ou não pudéssemos decidir, se o seu "rosto" (se é que podemos chamá-lo de rosto) é de fato o que vemos ou se se esconde atrás do azul. Além do mais, o *angelus dubiosus* possui um provável segundo rosto, logo à direita do maior. Um rostinho. Olhos que se apoiam, finos, em algo que se parece um nariz que os atravessa, sobre o membro esquerdo que leva ao queixo. Alguém talvez levantará a suspeita de que se trata, na verdade, não de um segundo rosto, mas de um "nariz" do anjo.

Não deixa de ser curioso que o *angelus dubiosus* guarde alguma semelhança com a imagem apresentada em *Daemonie*, pintada também em 1939 por Klee. Esses seres sugerem a aparição, nos três casos, de um anjo ambíguo, cindido, que hesita entre duas possibilidades: um anjo em crise. Ela se manifesta, simultaneamente, como uma crise da imagem e uma crise do nome. Como fazer a crítica do que já está cindido?

3

Entre os anjos de Klee, há aqueles batizados com nomes germânicos, como o *wachsamer Engel* (1939) ou o *armer Engel* (1939), como também existem os que recebem nomes latinos, entre os quais o célebre *Angelus novus* (1920) ou o *Angelus Militans* (1939). Essa dupla nomenclatura marca a densidade etimológica do caminho que leva o vocábulo grego ἄγγελος ao seu equivalente latino *angelus* e seus correspondentes em alemão, *Engel*, e, em português, anjo.

Ἄγγελος significa, mais propriamente, mensageiro. Em Homero, por exemplo, está mais próximo do mensageiro alado, transitando entre o divino e o mundano. No canto XV da *Odisseia*, versos 525-528, por exemplo, na tradução de Trajano Vieira, lemos:

> Enquanto fala, à destra sobrevoa um pássaro,
> um falcão, mensageiro [ἄγγελος] agílimo de Apolo,
> agarrando uma pomba, cujas penas caem
> no chão, entre Telêmaco e o navio. (HOMERO, 2012, p. 473)

Já no canto III da Ilíada, verso 121, não é um falcão, mas Íris quem chega a Helena como ἄγγελος, como mensageira, ou, na tradução de Haroldo de Campos, como "deusa-núncia": "Íris então vem, deusa-núncia [ἄγγελος], a Helena" (HOMERO, 2003, p. 125). Essa função é algo semelhante à do δαίμων, *daemon* (ou simplesmente demônio), que, a julgar pelo *Banquete* de Platão, e na caracterização de Eros como um *daemon* no discurso de Diotima posto na boca de Sócrates, é o que em nós se responsabiliza por uma transitividade entre o humano e o divino. Como o *daemon* Eros, que "interpreta e leva para os deuses o que vai dos homens, e para os homens o que vem dos deuses" e assim "preenche o intervalo" entre ambos, pois "os deuses não se misturam com os homens; é por meio desse elemento que os deuses entram em contato com os homens e se torna possível o diálogo entre eles": "o perito em tais assuntos é demoníaco" (PLATÃO, 2011, p. 151).

O mensageiro [ἄγγελος] e o *daemon* [δαίμων] apresentam, no entanto, pelo menos uma diferença: um desce dos céus, o outro emerge das profundezas, vem de dentro. Isso significa também uma diferença de posição do saber: no caso do mensageiro, o saber vem de outro lugar, de deuses, enquanto o *daemon* representa um saber que vem de dentro. É o que sugere Sócrates a Hermógenes, no *Crátilo* de Platão, ao se referir aos demônios, *daemons*, como sábios ou sensatos:

> muitos poetas têm razão de dizer que quando falece um homem de bem, alcança entre os mortos grandes honrarias e consideração, e se torna demônio [daemon], nome derivado da sabedoria que lhes é própria. É também o que eu admito: que todo homem de bem, ou vivo ou morto, é bem-aventurado, sendo, por isso, com justo título, chamado demônio. (PLATÃO, 1973, p. 139)

Conhecemos, no entanto, a palavra anjo como já informada pela tradição que deu a esse vocábulo uma figuração mais determinada, a judaico-cristã. De fato, o mensageiro ἄγγελος aparece na Bíblia grega como tradução do equivalente hebraico ךאֲלַמ, ou mal'ak. Da mesma raiz vem o nome do profeta Malaquias, por exemplo (que, num poema mais cristão que judaico de Mario Quintana, era um menino a ser devorado por um ogre, salvo às pressas por Nossa Senhora, que lhe fez crescer asas — "dada, porém, a urgência da operação, as asinhas brotaram-lhe/apressadamente na bunda" [QUINTANA, 2009, p. 92-93]).

A predominância do anjo como guarda, como protetor e arma divina contra os demônios e o diabo, é posterior. Certamente se alimenta de passagens da Bíblia judaica, mas se nutre majoritariamente da simbologia cristã que desenvolveu, em diferentes pontos de sua história, e principalmente mais fortemente a partir do século XIV de nossa era, também a conjugação entre o grego Hades [Ἅιδης] e o hebraico Geena [םֹהִנ-נָב איֵג].

O Hades, como se sabe, é o mundo dos mortos, sem qualquer conotação moral das almas que o habitam, e, portanto, não inclui o conceito de pecado. Em hebraico, o seu equivalente é a palavra לואש — sheh-ól. Por outro lado, em alguns pontos do Novo Testamento, há menção a um lago de fogo (como nos livros de Matheus e de Marcos) onde arderiam os pecadores após a morte — esse lago é comparado a Geena, um vale em torno da antiga Jerusalém usado como depósito incinerador de lixo orgânico (de onde o cheiro de enxofre). É na tradução da Bíblia hebraica e do Novo Testamento para o latim feita por São Jerônimo, no século IV de nossa era, que os termos Hades e Geena se tornam um mesmo: *infernum*, o inferno.

A menção ao termo latino "*angelus*" torna novamente a palavra "*Engel*" por meio de um método de confrontação dos mortos com os vivos: a língua morta é amiga das outras línguas mortas, e os títulos de Paul Klee, que oscilam entre o termo latino e o germânico, sugerem que os seus anjos — tão distantes em aparência física dos anjos da tradição cristã e da história da arte ligada a essa tradição — devem ser lidos na multiplicidade pagã de seus significados.

4

Voltemos ao quadro de Klee que se chama *Angelus novus*, cuja elaboração data de 1920. Esse anjo se tornou conhecido entre os que procuram os escritos de Walter Benjamin, pois é comentado em um de seus fragmentos "Sobre o conceito de história". Na versão manuscrita das teses que mais circula, a descrição de Benjamin é suscinta: "olhos escancarados, boca dilatada, asas abertas, prontas para o voo" (BENJAMIN, 2012, p. 14). Para o filósofo alemão, o anjo se apresentava semelhantemente ao que deveria ser o anjo da história, que contempla a história humana como uma sucessão interminável de catástrofes. Esse anjo gostaria de deter-se, mas a tempestade do progresso o impele irresistivelmente para o futuro. No fragmento de Benjamin, a crise da modernidade e a sua crítica se condensam numa mesma imagem (vale dizer: na composição textual e pictórica realizada em parceria com Klee).

A descrição e a interpretação de Benjamin são de 1940. Em 2010, setenta anos mais tarde, portanto, Susan Buck-Morss apresenta a história do anjo de Klee em um ensaio chamado *O presente* [*gift*] *do passado*. Conta a filósofa norte-americana que pediu a seus alunos, certa vez (algum tempo antes da fama de Benjamin e de Klee, o que fazia com que a imagem do anjo fosse ainda desconhecida), que ilustrassem o fragmento de Benjamin sobre o anjo da história. "Meus alunos desenharam anjos adultos, anjos de cartões de Natal e anjos de corpos sutis da arte medieval. Nenhum deles se parecia com o *Angelus novus*" (BUCK-MORSS, 2018, p. 6). Para Buck-Morss, o gesto de Benjamin é o de coautoria com a imagem. Vale dizer, um gesto embebido na tinta da tradição judaico-cristã dos anjos, distante (e por isso mesmo um gesto produtivo) de alguns dos anjos de Klee que se aproximam de formas pagãs combinadas a estranhas geometrias, como o *Angelus novus*, com suas patas de pássaro, sua cauda geométrica e seus dentes pontudos. Buck-Morss nos conta que, depois do filósofo alemão, "não podemos mais ver a imagem de Klee sem que os comentários de Benjamin se sobreponham a ela. Os elementos se inverteram: a imagem é uma legenda para o texto, e não o oposto."

Mas *O presente do passado*, de Buck-Morss, não é somente um ensaio sobre a história do *Angelus novus*. A filósofa convoca Paul Klee e Walter Benjamin para se confrontar com as narrativas históricas que sustentam guerras e massacres no novo milênio. Se o anjo de Klee surgira após a Primeira Guerra Mundial e o texto de Benjamin no início da Segunda e no auge do nazifascismo, o de Buck-Morss surge no contexto de recomposição das forças de extrema direita, no centro e na periferia do capitalismo, do novo imperialismo norte-americano, do projeto de sucateamento das nações que foram colonizadas no passado promovido pelo neoliberalismo, na época do massacre dos palestinos pelos judeus. Dessa forma, não é tanto uma atualização que Buck-Morss propõe, mas uma espécie de legenda à configuração de crise e crítica da modernidade, que sustenta o fragmento de Benjamin e o quadro de Klee.

5

Susan Buck-Morss não nos contou como seus alunos pintaram ou desenharam os cabelos dos anjos, mas podemos supor, por sua vaga descrição, que, se os tinham, eram cacheados. Talvez um ou outro os tivesse lisos.

Walter Benjamin fala dos olhos, da boca e das asas do anjo de Paul Klee, mas não fala nada sobre os seus cabelos. Eles estão enrolados: mas não são compostos por fios. São do mesmo material de sua "pele". Aliás, tudo nesse anjo é "pele", tudo é superfície. Ele não tem volume. Toda noção de profundidade da pintura vem por uma série de dobras sobre si mesmo. É como se o *Angelus novus*, à maneira de tantos outros anjos de Klee, fosse não apenas bidimensional, mas também de papel. Como se composto pelos livros que foram escritos na antiguidade, sem o padrão códex de encadernação, ainda enrolados em pergaminhos e papiros. É um índice de que são compostos pela confusão das línguas. O anjo que anuncia o novo tem os olhos voltados para o passado porque o lê. Talvez pronuncie o presente numa língua do passado. É um mensageiro, como os antigos anjos de Homero (frequentemente assumiam a forma de uma ave — o *Angelus novus* tem cauda e patas tripartidas), do presente para o passado. Se esse anjo é uma crítica do progresso e da modernidade, as armas dessa crítica são filológicas.

6

Em 1921, Benjamin adquire o *Angelus novus* de Paul Klee. Poucos meses depois, escreve ao amigo Gershom Scholem sobre a intenção de organizar uma revista de crítica. Quer discutir os assuntos ao vivo, mas lhe adianta o nome: "Revelo-te apenas o título: *Angelus Novus*" (BENJAMIN, 2012, p. 41). No ano seguinte, Benjamin (no papel de anjo) redige o "anúncio" da revista e o encaminha ao editor Richard Weißbach, meses antes de abandonar o projeto por discordâncias dos rumos que a publicação tomaria.

No "anúncio" de 1922, lemos que a revista deveria buscar uma verdadeira atualidade, proclamando a sua dimensão radicalmente histórica. Isso era "mais importante do que a sua própria unidade ou clareza" (Ibidem, p. 41). Sua medida seria menos a sua capacidade de comunicação de ideias e mais a franqueza com que abordaria os problemas cruciais de sua época na forma da *crítica*. Ora, diz Benjamin, "em toda revista que assim se conceba, a crítica continuará também a ser o guardião da soleira" (Ibidem, p. 42).

O conceito de crítica, considerado sob a imagem do "guardião da soleira", é assim posicionado como um conceito-limite que concede acesso a um espaço limiar entre as coisas que são e as que podem ser. É uma espécie de entidade que concede a passagem de um estado ao outro: nela, vive a transitoriedade no limite do que ainda não deixou de ser e daquilo que ainda não é. É o momento preciso em que o ocorrido e o que pode ocorrer coincidem, o que só pode ser examinado no extremo do objeto da crítica.

Na revista *Angelus Novus*, a crítica deveria se concentrar não tanto em panoramas históricos, mas na obra singular. Alguns anos mais tarde, tanto no ensaio sobre Eduard Fuchs quanto nos fragmentos "Sobre o conceito de história", Benjamin formularia o seu método como monadológico: a crítica descobriria *na* obra, nos seus detalhes, no seu extremo, o tempo histórico, e não o contrário. A tarefa da crítica não é adequar o objeto em uma narrativa do tempo histórico, mas confrontar o tempo histórico com a obra e a obra com o tempo histórico, sustentando a sua dissonância. Se a atualidade da crítica está na força com que ela enfrenta os problemas de sua época, isso acontece porque ela descobre a atualidade das obras como um limite do tempo.

Evidentemente, essa atualidade tem os seus dias contados. Se a crítica alcança o seu fim, ela perde a sua atualidade, que é toda a sua consistência. Anos mais tarde, no trabalho das *Passagens*, Benjamin falaria em um "núcleo temporal" da verdade:

> É importante afastar-se resolutamente do conceito de "verdade atemporal". No entanto, a verdade não é — como afirma o marxismo — apenas uma função temporal do conhecer, mas é ligada a um núcleo temporal que se encontra simultaneamente no que é conhecido e naquele que conhece. Isto é tão verdadeiro que o eterno, de qualquer forma, é muito mais um drapeado em um vestido que uma ideia. (BENJAMIN, 2009, p.505)

Se a atualidade é a consistência da crítica, toda crítica aspira a desaparecer. Nas palavras do "anúncio" da *Angelus Novus*:

> É esse o preço justo exigido pela sua busca da verdadeira atualidade. Há mesmo uma lenda talmúdica segundo a qual os anjos — a cada momento sempre novos, em legiões infinitas — são criados para, depois de terem entoado os seus hinos na presença de Deus, deixarem de existir e se dissolverem no nada. Que o nome desta revista sirva para mostrar que o sentido de atualidade que ela pretende apresentar é o único verdadeiro. (BENJAMIN, 2012, p.46)

7

A história dos anjos, no cristianismo, é uma história de guerras. É essa estrutura espiritual nova, na sua conversão de mensageiros a soldados, que serve de base para o poema épico *Paraíso perdido*, de Milton. A sua odisseia de Satã, publicada originalmente em 1667. Ali somos apresentados a um anjo caído mais furioso e orgulhoso que o triste diabo da *Comédia* de Dante, publicada mais de trezentos anos antes. Mas foi a geração de Paul Klee e Walter Benjamin que conheceu com maior força a ambígua relação entre os antigos mensageiros e as novas formas de auto aniquilação da humanidade. Convocar alguns eventos a esse propósito, intercalados com a história de Klee e seus anjos, pode ser produtivo.

Em 1873 é erguido, no centro do Tiergarten, em Berlim, o monumento da Coluna da Vitória, com um anjo triunfante em seu topo, para comemorar as vitórias militares do Reino da Prússia sobre o Império Austríaco, Reino da Dinamarca e França entre 1864 e 1871. Paul Klee nasceu em 1879. Rainer Maria Rilke, que também escreveu anjos nas suas *Elegias de Duíno* ("todo anjo é terrível (...)/eu vos invoco, pássaros quase mortais da alma" [2012, p. 131]), nasceu em 1875.

Em novembro de 1884, Paul Klee tinha quase cinco anos de idade, Rilke, quase dez. Foi quando aconteceu a Conferência de Berlim, marco central na partição e divisão territorial da África entre os colonizadores europeus na sua corrida por novas fontes de trabalho barato e mercados consumidores. O neocolonialismo se estenderia ao longo do século seguinte. A partição adiou a guerra entre os europeus até 1914. Walter Benjamin nasceu em 1892.

Em 1913, Paul Klee desenha um *anjo que entrega um objeto de desejo*. Alguém ajoelhado encara, com júbilo e terror, um anjo que paira numa pequena distância (a cena quase parodia, na forma dos traços infantis e na conversão da apatia em *pathos* gozoso), mas não vemos o tal objeto de desejo. Em 1914, começa a Primeira Guerra Mundial.

Em 1918 a guerra acabaria e os mesmos traços aparecem, no entanto mais desordenados e organizando um cenário de júbilo e terror no quadro *Mensageiro expresso celestial*. Surgiriam, depois, os relatos dos combatentes que retornavam não apenas mutilados, como também mudos dos campos de batalha.

Depois da guerra, surgem dois anjos icônicos: o *Angelus novus*, mas também o *Angelus denscendens*. Aquele de 1920, este de 1918. Um anjo desce, o outro anuncia uma renovação.

Entre os fatos anteriores e o próximo anjo, o nazismo chega ao poder na Alemanha em 1933, e em 1935 o anjo da vitória parece pairar sobre Hitler, que em 1935 receberia a homenagem de Leni Riefensthal com seu longa *O triunfo da vontade*. No mesmo ano, Mussolini avança com suas tropas sobre a Etiópia, e Marinetti publica o seu manifesto de apoio à guerra colonial declarando: "a guerra é bela". Benjamin (1994, p.196) escreve sobre o episódio na primeira versão de seu ensaio sobre "A obra de arte na era da sua reprodutibilidade técnica", em que afirma que a humanidade no século XX desenvolveu em tal grau a sua autoalienação que é capaz de "viver a sua própria destruição como um prazer estético de primeira ordem." Em 1939 começaria a Segunda Guerra Mundial. Surgem muitos e muitos anjos de Klee. Um deles tem o título *anjo cheio de esperança*. Está deformado. Mal tem um corpo em que se sustentar. Sua cabeça é uma das maiores entre os anjos. É praticamente só cabeça e asas, e um par muito fino de varetas que tem por patas. Seus olhos estão esbugalhados. Nenhuma aquarela o colore.

(Aqui, não há como não pensar na história que conta Max Brod (1956, p.89), sobre um diálogo que teve com Kafka, em que o amigo lhe dissera certa vez que haveria "infinita esperança", "mas não para nós.")

8

A *Iconologia*, de Cesare Ripa, também recebeu como título a alternativa *Emblemas morais*. Compiladas em 1593, as centenas de alegorias se destinavam ao uso artístico na representação de virtudes e vícios desde um ponto de vista da reeducação moral. Há ali a representação de um emblema que bem se poderia chamar de "anjo da história".

Em uma angeologia provisória, diríamos que o "anjo da história" de Ripa se situa entre outras duas imagens que lhes são contemporâneas. Há o anjo triunfante da "Alegoria da Imortalidade" de Hendrik Goltzius, de cornetas em mãos, pairando sobre as coisas mortais, a um metro do chão; mas há também o anjo triste de "Melencolia I" de Albrecht Dürer, que se senta para contemplar o movimento lento de Saturno no espaço.

Copio aqui a descrição da Iconologia de Ripa (2009) de seu "anjo da história":

> Uma Mulher semelhante a um Anjo, com grandes Asas, *olhando para trás*; escrevendo em uma Tábula oval, nas Costas de *Saturno*. As Asas denotam sua publicação de todos os Eventos, com grande *Expedição*; seu olhar para trás, seu trabalho para a *Posteridade*; suas Vestes brancas, *Verdade* e *Sinceridade*; *Saturno* a seu lado, denota *Tempo* e *Espírito* das Ações. (RIPA, 2009, s/p.)

Teria o anjo da história de Ripa horror ao passado, para voltar o rosto para trás? Esse anjo vira os olhos mesmo para o futuro? O futuro está às suas costas? Alguém que olhe o anjo com cuidado talvez tenha a impressão de vê-lo olhando para baixo, e para o horizonte de suas costas. Esse anjo cortou os laços de sua sensibilidade com a história. Sem ver passado, presente ou futuro, envia sua mensagem anestesiada de uma narrativa que não se pode sentir.

9

A Roma Antiga conhecia um guardião da soleira, um deus protetor dos portais e dos limiares, de duas faces. Janus. Um rosto voltado para a frente, o outro para trás. No *exposé* de 1939 do seu trabalho das *Passagens*, Benjamin anexa, como epígrafe da apresentação de sua pesquisa histórica sobre o século XIX parisiense, a seguinte epígrafe de Maxime Du Camp: "A história, como Janus, tem duas faces: quer olhe o passado, quer olhe o presente, ela vê as mesmas coisas" (Apud BENJAMIN, 2009, p. 53.).

Onde está o segundo rosto do *Angelus novus*? E o do anjo de Ripa? Os anjos da dúvida (o *Zweifelnder Engel* e o *Angelus dubiosus*) são duas faces de um mesmo anjo? O anjo da história é um anjo duvidoso?

10

Podemos sentir a história ou nos anestesiarmos com ela. Podemos fixar os olhos nos mortos ou voltar o rosto para longe do horror. Essa situação, essa indecisão de nossos corpos diante da história, não é natural, não nos é dada *a priori*. Ela se constitui com mais força na modernidade. Susan Buck-Morss descreveu esse estágio da situação da perceptibilidade anestesiada como um problema engendrado pelas próprias forças sinestésicas em ação no seio do capitalismo e da sociedade de massas.

Ao escrever "Estética e anestética", em que reconsidera o célebre ensaio de Walter Benjamin sobre "A obra de arte na era da sua reprodutibilidade técnica", interessa a Buck-Morss a afirmação do filósofo de que, no século XX, a humanidade pode assistir à sua própria destruição como prazer estético (o que é reforçado em nosso próprio século nos inúmeros produtos da indústria cultural, como nos filmes ou nos jogos eletrônicos que incitam o gozo diante das cenas de fim do mundo ou da vida humana no planeta). É para explicar esse diagnóstico que Buck-Morss nos conduz por uma vertiginosa arqueologia da estética.

Com base nas descrições da vida psíquica que Freud (2009) realizou em *Além do princípio de prazer*, tanto Buck-Morss quanto Benjamin nos relembram de que há, na dinâmica da percepção, um jogo entre estesia e anestesia que é constitutivo do aparelho humano. Para Freud, os estímulos demandam grandes quantidades de energia de nosso organismo na procura de sua descarga motora adequada. Em outras palavras, tudo aquilo que nos afeta e nos causa alguma impressão tem um preço em nossa economia libidinal. Luzes, sons, esbarrões, cheiros, nada que nos encontra pode simplesmente ser descartado como uma impressão "vazia". E é justamente por isso que os nossos sentidos funcionam ao mesmo tempo colhendo informações do mundo exterior, os estímulos externos, e filtrando-os em uma dimensão perceptiva singular. E, antes deles, somos ainda amparados por nossa consciência.

Com o aumento na quantidade ou na qualidade dos estímulos, somos obrigados, para preservar o funcionamento do aparelho psíquico, a desenvolver maiores amortecimentos desses estímulos. E o escudo mais forte contra os que provêm de fora de nosso corpo é a consciência. Nesse sentido, ela funciona como uma espécie de membrana insensível que recebe o primeiro impacto dos estímulos. A partir do desenvolvimento mais forte da consciência, os estímulos têm dificuldade de ultrapassar a sua membrana, perdendo a força com que nos impactam.

Nesse ponto, um evento só pode nos atingir se encontrar, por força do acaso, uma brecha nessa membrana (por exemplo, se conectar-se com uma série de conexões que facilitam a sua chegada ao inconsciente — como um cheiro ou o gosto de uma comida que se associa a memórias que se projetam distantes no tempo e espaço) ou por uma sobrecarga, na forma de um trauma (como num acidente ou em uma situação de extrema violência simbólica).

Quanto mais se intensificam os estímulos e, por consequência, a consciência que os amortece, mais os eventos são "assistidos" pelo sujeito que os vive. Quanto menos tiver necessidade dessa proteção da consciência, mais o sujeito pode baixar as suas defesas, para ser atingido no seu âmago pelos eventos e encadeá-los em novas e ricas experiências. Essas duas modalidades de estruturação dos acontecimentos em nossos sistemas perceptivos foram descritas por Walter Benjamin (1989) como a estrutura da *Erlebnis*, a vivência, e *Erfahrung*, ou experiência, respectivamente. No primeiro caso, há um inchaço da consciência e um empobrecimento dos eventos (uma vez que não se podem conectar em complexos inconscientes com tanta facilidade); no segundo, uma diminuição do eu e um incremento na força do mundo exterior.

A modernidade, com suas megalópoles, suas grandes guerras, com as massas urbanas, os acidentes no trabalho das fábricas, nos automóveis, com as explosões de gás e de sistemas de esgoto, com o rompimento das barragens, com o desenvolvimento deslumbrante das tecnologias da informação, e as consequentes telas que brilham com cada vez mais força, com cada vez mais frequência nas horas do dia, e toda sorte de estímulos sonoros, visuais, olfativos e táteis, é justamente a época que demanda do corpo humano o hiperdesenvolvimento de seus mecanismos de defesa anestesiantes. Essa situação é contemporânea das mutilações corporais resultantes dos mais refinados perigos que a nossa era criou (Carlos Drummond de Andrade sintetizou essa situação da sociedade de massa com os versos: "é tempo de partido/tempo de homens partidos// (...) tempo de gente cortada/de mãos viajando sem braços").

E, se o século XIX foi o grande motor do desenvolvimento técnico-industrial que nos trouxe até aqui, ele foi também contemporâneo da invenção da anestesia aplicada a usos médicos e do vício em novas drogas que tentavam superar o tédio produzido pelo inchaço da consciência. Segundo Buck-Morss:

> A anestesia tornou-se uma técnica esmerada na última parte do século XIX. Enquanto as defesas autoanestesiantes do corpo são predominantemente involuntárias, esses métodos envolveram a manipulação consciente e intencional do sistema sinestésico. Às formas narcóticas já existentes no Iluminismo — café, tabaco, chá e bebidas alcoólicas — acrescentou-se um vasto arsenal de drogas e práticas terapêuticas, desde o ópio, o éter e a cocaína até a hipnose, a hidroterapia e o eletrochoque. (...) O uso de anestésicos na cirurgia médica data, não por acaso, desse mesmo período de manipulação experimental dos componentes do sistema sinestésico. (...) [E] no século XIX, não era incomum os cirurgiões se viciarem em drogas. (...) O vício em drogas é característico da modernidade. É o correlato e a contrapartida do choque. Uma adaptação aos choques sem drogas nem amortecimento pode ser fatal. (BUCK-MORSS, 2012, p.170-173)

Para a filósofa, esse quadro colocava uma questão para a arte. "Nessa situação de 'crise da percepção'", ela diz, "a questão já não é educar o ouvido rude para ouvir música, mas devolver a audição. Já não se trata de treinar o olho para ver a beleza, mas de restabelecer a "perceptualidade" (Ibidem, p. 169). Do ponto de vista da possibilidade de "perceptualidade" da própria história, poderíamos dizer que há uma tarefa estética para o "anjo da história" aludido por Benjamin, que quer interromper a sucessão das catástrofes. O problema da escrita da história é também o de ressensibilizar o corpo para o choque do presente com o passado. Nesse sentido, o diagnóstico de Susan Buck-Morss, da modernidade como época de anestesiamento coletivo, une teoria estética e teoria da história numa mesma tarefa crítica.

Não deixa de ser curioso que os anjos de Klee sejam praticamente *só órgãos de percepção*. Toda a extensão de seu corpo é feita de sua pele. Dobrada sobre si mesma, ela emula as suas partes: garras, patas, tronco, mãos, asas, cabeça, cabelos, frequentemente tudo não passa de dobras sobre dobras, como já disse, sem nenhum volume. Sem nenhuma profundidade. Sem nenhum interior. Os anjos de Klee são só a casca.

11

Colocar os anjos de Klee nesse quadro de crise da percepção talvez nos deixe com a impressão de solucionar o problema com a imagem do anjo mensageiro: esses delicados anjos querem dizer, anunciar para a humanidade a tragédia na qual ela não apenas atua, mas também escreve. Querem interromper a história com esse anúncio. Mas isso talvez não seja totalmente condizente com a imagem dos corpos desses anjos.

Na descrição que Walter Benjamin faz do *Angelus novus*, não é tanto a potência do anjo que está em primeiro plano, mas a sua impotência. O anjo gostaria de acordar os mortos, reunir os cacos das ruínas, interromper a história: mas a tempestade do progresso o impele irresistivelmente para o futuro. O discurso triunfalista da história, a ideia falsificadora de que estamos "evoluindo" no tempo, distanciando-nos de um modo de vida violento e terrível, sustenta o estado de coisas em que nos encontramos. Desse ponto de vista, anunciar à humanidade que ela constrói dia após dia uma catástrofe é não apenas insuficiente, mas constituinte da catástrofe ela mesma.

Os anjos de Klee não correspondem tanto ao corpo fraturado da modernidade, às coisas que se perderam na história das dominações, nem anunciam a tragédia que está em curso. Trazem outra mensagem. Sua constituição planificada, sua ausência de profundidade, sua aparência semelhante a um couro, uma pele, uma casca dobrada sobre si mesma, corresponde à fragilidade de nossas defesas.

Assim, esses mensageiros nos contam do desamparo que tentamos galvanizar com o nosso conceito de progresso, com a nossa aposta na civilização, com a nossa fé na consciência. Parecem fazer o luto que ainda não conseguimos: que o projeto ocidental falhou quando realizou seus desejos mais fundamentais, que a história da técnica não libertou, mas aprisionou seres humanos, que a vida nas cidades não garantiu a sobrevivência do ser humano contra forças antes incontroláveis, mas se revelou, a cidade ela mesma, como a grande força incontrolável da humanidade que ameaça hoje destruir o próprio planeta.

Os anjos são o projeto da consciência em estado de derrota. Sem compreender e sentir ao mesmo tempo essa derrota, a renovação que o anjo da história procura ficará aprisionada na ideologia do progresso.

O "anjo duvidoso" de Klee corresponde ao papel de crítica desses anjos. Fixa os olhos no horror, mas não acredita que esse olhar possa se dar no espaço livre entre quem olha e o que é olhado. O "anjo duvidoso", que é o "anjo duvidando", cruza seus membros à sua frente. Assume a mediação da própria dúvida entre os órgãos da percepção e o objeto percebido. Por isso a sua ambiguidade: no nome e na postura, tem parentesco com o método de Descartes e se alia à tradição racionalista de desconfiança no mundo dos sentidos; na constituição de suas partes, é todo sensibilidade, é todo pele, aliando-se à tradição empirista moderna, que deu origem ao ensaio com Montaigne. Entre coisas, o anjo de Klee recupera o lugar limiar da crítica no centro da cisão moderna entre corpo e racionalidade.

No português brasileiro, há uma gíria popular que não concebe divisão entre o que é compreendido e o que é intuído. Trata-se do uso do verbo sacar. "Saquei isso" pode significar tanto "compreendi o que você quer dizer" quanto "percebi o que acabou de acontecer". "Estou sacando essa pessoa" pode significar tanto "estou entendendo o que essa pessoa me explica" quanto "estou tentando sentir como me sinto com ela". "Sacar" é algo que se faz com todo o sistema sinestésico, exige tudo de quem "saca". Os anjos de Klee estão tentando nos fazer sacar as coisas. Podem nos ajudar a saber como sacar a história. Coincidem com o conceito de crítica. A crítica quer sacar.

A CRÍTICA EM MOVIMENTO: POLÍTICAS DO OLHAR

Para Walter Benjamin, o crítico é aquele que procura manter-se sempre a uma distância justa da obra de arte. Somente quando se atinge (quando se descobre ou inventa) esse lugar preciso é que a crítica pode se dar. A apreciação precisa de uma obra não depende apenas, portanto, da erudição, da capacidade analítica ou da disposição de espírito daquele que vê, mas da sua *posição*. O aspecto relacional dessa definição do exercício crítico revela o quão precário e arriscado ele é. E o quão inventivo também pode ser. Não há métodos definitivos ou procedimento padrão. Não há lugar seguro. É preciso pôr-se em movimento, testar os aparelhos, mirar o objeto a partir de ângulos distintos e às vezes insuspeitos: avanço e recuo, ofensiva e retirada estratégicas. Como num combate, ou numa composição amorosa, é preciso estar aberto ao desconhecido e alerta. Para que o ajuste se dê (porque se trata mesmo disso, de um certo tipo de acordo entre a obra e o crítico), tudo depende da distância e tudo depende da justiça. Perto ou longe, situado há muitos séculos ou a apenas alguns anos da obra, é necessário observar com atenção as suas formas e perguntar: elas demandam amplitude (isto é, distanciamento) ou focalização e proximidade? E ainda: a promessa de sentido contida em seus arranjos formais se cumpre, quando do gesto crítico, por inteiro ou só parcialmente? A energia que historicamente represou se entrega ou retém? Tudo depende da justa distância, propõe Benjamin. Aquela distância que corresponde também à fabricação de um *novo modo de olhar*, que implica numa *teoria* (segundo a etimologia grega dessa palavra, teoria significa ao mesmo tempo ver e especular) específica para cada novo objeto da atenção crítica.

*

Nos textos reunidos por Rafael Zacca em *Formas nômades: arte, política e crítica hoje*, algo da mobilidade e da experimentação que marcam a definição benjaminiana da crítica se deixa perceber. Esse é, quem sabe, um dos horizontes do livro, referência subterrânea do trabalho. Transitando entre saberes e campos disciplinares distintos (artes plásticas, filosofia, educação e literatura), os textos não se fixam numa única perspectiva ou especialidade. Miram seus diferentes objetos a partir de posições variáveis: leitura analítica, comparação, transdisciplinaridade, especulação filosófica, agitação política. Tampouco a forma desses textos é estável. A cada momento, diante das demandas particulares de cada objeto (poema, quase sempre, mas também quadro ou performance), o texto assume modulações discursivas e marcas de gêneros específicos. Carta, entrevista, resenha, relato pessoal e ensaio são algumas das configurações assumidas pela escrita de Rafael Zacca, que tenta imprimir em todas elas a inquietação e o peso da tarefa crítica. São formas de tateio e busca, tentativas de aproximação ou recuo ante à complexidade das obras da cultura que se abrem a sua frente. Algo semelhante pode ser dito, ainda, sobre a extensão e o alcance crítico dos textos de *Formas nômades*: a heterogeneidade dos seus materiais, feita de resenhas ligeiras e reflexões de fôlego, também revela a natureza experimental do gesto crítico proposto pelo autor, bem como a inquietação do pensamento que se agita sob o desejo de diálogo franco que mantém com os objetos que escolhe. Em cada um deles, Zacca quer descobrir (desdobrar, refazer, instituir) o elemento significativo, aquele dispositivo que se abre como fagulha da inteligência ou força ética de recusa.

*

Um dos traços mais marcantes do livro é a combinação que nele tem lugar (talvez fosse melhor dizer a tentativa de síntese que nele se processa) entre a densidade do discurso crítico e a informalidade da escrita ou da *situação crítica*. Não se trata apenas de uma opção de estilo ou de um gosto indisfarçável pela narração. A relação do autor com os seus objetos é muitas vezes marcada por afinidades eletivas, encontros pessoais, acasos e felicidades geracionais. As experiências particulares do crítico são apresentadas e se misturam ao trabalho de análise e desdobramento discursivo da crítica, com passagens tênues e reversíveis entre essas instâncias. Criticar é, em certo sentido, escrever a si mesmo, uma forma bastante particular da autobiografia. Mas é também um modo de se implicar mais profundamente no ato crítico, que desse jeito não se volta apenas para as obras de arte e os fenômenos da cultura, mas se concentra igualmente, em reflexão que se dobra sobre si, metacriticamente, para as próprias condições do pensamento crítico. A crítica não figura de modo neutro entre os saberes, mas assume a sua parcialidade e os fundamentos históricos e materiais da sua atividade. A *posição* que ocupa e desde a qual formula as suas questões é explicitada por Rafael Zacca, num ato que não se dá sem consequências. Para o autor (como também para Walter Benjamin, referência incontornável de tantos dos textos aqui reunidos) crítica e política são uma coisa só. Criticar, nesses textos, é tomar partido, isto é, escolher um lado e assegurar a defesa de um conjunto de valores. A coerência dessas *Formas nômades* se revela aqui, na explicitação das condições que permitiram a construção do pensamento crítico. E também os limites do livro derivam desse mesmo ponto: a escolha de certos autores, a valorização de determinadas poéticas se dá na oclusão do problema do *valor*. As disputas em torno disso, é claro, fazem parte das dissensões e lutas políticas de todos os tempos — mas parecem ser mais urgentes e problemáticas hoje, neste tempo confuso e atrofiado dos primeiros anos do século XXI.

*

A característica mais notável da produção poética e artística recente no Brasil, segundo Zacca, é o nomadismo. A movência das formas, o elemento inquieto e rebelionário dos discursos, contrário a toda estabilização hegemônica e majoritária; o depauperamento das condições de produção e circulação dos poemas e das demais obras; o retorno da voz, do gesto e da presença (em uma só palavra, do corpo) à cena poética — tudo isso aponta para as "moradas flutuantes", para as formas em estado de migração e metamorfose que caracterizariam parte significativa dos poemas e das poéticas que interessam, no presente, ao crítico. São projetos poéticos que se voltam para o fim, como que a marcar a relação existente entre nomadismo e destruição: a catástrofe e o fim dos tempos que atravessam, com sentidos distintos, mas comunicáveis, os poemas de Josely Vianna Baptista, Guilherme Gontijo Flores e Josoaldo Lima Rêgo. O fim do poema e a explosão dos limites formais da poesia em Marília Garcia. A pobreza crescente e o problema do endividamento, da crise econômica sistêmica e das novas formas da exploração capitalista — modos de representação (às vezes dramáticos, quase sempre irônicos) do fim de certas relações de produção e trabalho no mundo pós-industrial, perceptíveis na poesia de Lucas Matos, Fábio Weintraub e Bruno Brum, entre outros. Mas o nomadismo, para Rafael Zacca, será também mais do que um indício do que está a desaparecer. Será também a afirmação de modos de vida e valores estéticos não hegemônicos. Maneira de, pela movimentação contínua e pela lógica da escassez e da depuração que atravessa o elemento nômade, tentar escapar aos mecanismos de dominação das sociedades do controle, além de introduzir estranheza e alteridade em ambientes que tendem à homogeneidade e à rígida estratificação. O nomadismo é uma política, as *formas nômades* são um modelo desviante para o pensamento crítico, que recupera as linhas de fuga e os devires minoritários (para falar com Deleuze e Guattari, filósofos ligados ao nomadismo e à migração) e os transforma em fundamento teórico para uma tentativa de compreensão original da poesia contemporânea brasileira.

*

Se o nomadismo é a grande questão a atravessar, de diferentes maneiras, as obras de arte analisadas e os textos críticos recolhidos neste livro, a principal proposta do trabalho, no entanto, está em outro lugar. Disseminado ao longo de vários textos, o problema da *vulgarização* da crítica (e também da poesia) é a principal proposta do autor, espécie de súmula de tantas das suas preocupações estéticas e políticas. Vulgar, como se sabe, é tudo aquilo que diz ao comum e ao povo. Tudo o que não traz, por nascimento ou escolha, marca de distinção e nobreza. Vulgar é o que se coloca ao rés-do-chão, o que fala (ou escreve) a língua da rua e do presente, em rejeição aos idiomas imperiais do poder, do Estado e das instituições oficiais. Vulgar é, portanto, o que pertence a todos e a ninguém; o que diz respeito, principalmente, ao presente imediato, ao contemporâneo — o que ainda não se consolidou como norma, escola ou tradição. Observando a partir desse ponto, é possível compreender com mais clareza algumas das escolhas que estruturam as *Formas nômades*. Seu tom despojado e a necessidade de comunicar que o percorre de ponta a ponta afirmam outros territórios para o discurso crítico, descolado dos espaços de especialização acadêmica e dos hermetismos que às vezes transformam o ofício da crítica em atividade restrita. A singular vocação pedagógica desses escritos vai na mesma direção. Eles não querem educar o olhar e a sensibilidade a partir da tradição, estabelecendo linhas de transmissão mais ou menos convencionais: do passado para o presente; dos clássicos aos modernos e destes aos jovens autores; dos centros do saber no Ocidente até as margens periféricas do mundo; da precedência da leitura e da acumulação em detrimento da escrita e da ação imediatas. Sem simplesmente inverter, de modo iconoclasta e provocador, todas essas cadeias tradicionais de circulação do conhecimento, Zacca age para misturar os seus elementos, confundir os seus vetores, subvertendo, assim, hierarquias e fluxos naturalizados. Ensinar é, para o crítico, antes de tudo tornar comum, isto é, *desmistificar*, por um lado, e *desapropriar*, por outro. Tarefa filosófica e revolucionária, como se vê. Desde o Iluminismo, época em que surge a Crítica, o pensamento se volta contra as névoas que encobrem as formas do mundo, dando a elas aparência fantasmagórica. Afastando-as do comum das pessoas, vale dizer. O pensamento moderno (a crítica) as quer revelar como são — antes de tudo, como coisas tangíveis, materiais, cujo acesso é possível. Desde fins do século XVIII, a ação organizada dos despossuídos procura destituir os senhores do mundo da posse ilimitada sobre as riquezas e o fruto do trabalho da comunidade. O combate contra os modos naturalizados dessa concentração de poder e propriedade são marcas da ação revolucionária, que procura, pela elaboração e implementação do discurso crítico, tornar comuns o ônus do trabalho e as benesses da riqueza produzida pela atividade humana. Trata-se, nos dois casos, de um chamado à ação e de um esforço de aproximação: as pessoas devem unir-se em torno dos seus objetivos comuns, devem contribuir, na composição de uma ampla rede de intercâmbios e 'partilhas do sensível', com a formação de um outro sentido para as coisas da vida. Para as atividades do espírito. Para a poesia e a arte, bem como o trabalho e a organização social. É nesse sentido que o projeto de uma vulgarização da crítica parece estar no centro deste livro. Como compromisso político e trabalho pedagógico, como forma de desestabilizar as práticas engessadas do pensamento. Como modo de colocar em movimento aquilo que, na aparência, é sólido e não se mexe. Como forma de dessacralizar as verdades sagradas, mostrando-as profanáveis, ao alcance das mãos e dos olhos de qualquer um.

Gustavo Silveira Ribeiro
Abril, 2021

BIBLIOGRAFIA

ABREU, M.; PESSOA, P. (2015). *Nômades*. Rio de Janeiro: Cobogó.

ADORNO, T. HORKHEIMER, M. (1985). *Dialética do Esclarecimento*. Trad. Guido Antônio de Almeida. Rio de Janeiro: Zahar.

ADORNO, T. (2008). *Notas de literatura I*. Trad. Jorge de Almeida. São Paulo: Duas Cidades / Editora 34.

__________. (2013). *Teoria Estética*. Trad. Artur Morão. Lisboa: 70.

ALVES-BEZERRA, W. (2019). *O Pau do Brasil*. 5 ed. Bragança Paulista: Urutau.

ANDRADE, C. D. (1979). *Poesia e Prosa*. Petrópolis: Nova Aguilar.

AQUINO, M. DE. (2018). *Fundo falso*. Belo Horizonte: Relicário Edições.

ARENDT, H. (2010). *A condição humana*. Trad. Roberto Raposo. Rio de Janeiro: Forense Universitária.

ARGEL, L. (2019). *Fui ao inferno e lembrei-me de ti*. Rio de Janeiro: 7Letras.

ARISTÓTELES. (1998). *Política*. Trad. Antônio Campelo Amaral e Carlos de Carvalho Gomes. Lisboa: Vega.

AZEVEDO, C. (2016). *O livro das postagens*. Rio de Janeiro: 7Letras.

BAPTISTA, J. V. (2011). *Roça Barroca*. São Paulo: Cosac Naify.

BARBOSA, L. G. (2018). *Postagens e antipostagens*. Rio de Janeiro: editora kza1.

BAUDELAIRE, C. (1995). *Poesia e prosa*: volume único. Rio de Janeiro: Nova Aguiar.

BENJAMIN, W. (2015). *Baudelaire e a modernidade*. Trad, João Barrento. Belo Horizonte: Autêntica.

__________. (2009). *Ensaios reunidos:* escritos sobre Goethe. Trad: Mônica Krausz Bornebusch, Irene Aron e Sidney Camargo. São Paulo: Editora 34.

__________. (2011). *Escritos sobre mito e linguagem*. Trad. Susana Kampff Lages e Ernani Chaves. São Paulo: 34; Duas cidades.

__________. (1993). Infância em Berlim por volta de 1900. IN: *Rua de mão única*. São Paulo: Editora Brasiliense

__________. (1994). *Magia e técnica, arte e política*. Obras escolhidas vol I. Trad. Sergio Paulo Rouanet. São Paulo: Brasiliense.

__________. (1989). *Obras escolhidas. VOL III*. Trad. José Carlos Martins Barbosa e Hemerson Alves Baptista. São Paulo: Brasiliense.

__________. (2012). *O anjo da história*. Trad. João Barrento. Belo Horizonte: Autêntica.

__________. (2009). *Passagens*. Organizador da tradução brasileira Willi Bolle. São Paulo: UFMG.

BR, D. (2016). *Ocupa*. Rio de Janeiro: 7Letras.

BRAVO, T. (2018). *Sobre as linhas extintas*. Bragança Paulista: Urutau.

BROD, M. (1956). *Franz Kafka*: una biografia. Milano: Mondadori.

BRUM, B. (2019). *Tudo pronto para o fim do mundo*. São Paulo: Editora 34.

BUCK-MORSS, S. (2012). Estética e anestética: uma reconsideração de A obra de arte de Walter Benjamin. IN: BENJAMIN, W. et al. *Benjamin e a obra de arte*: técnica, imagem, percepção. Trad. Marijane Lisboa e Vera Ribeiro. Rio de Janeiro: Contraponto, p. 155-204.

__________. (2018). *O presente do passado.* Trad. Ana Luiza Andrade e Adriana Varandas. Desterro [Florianópolis]: Cultura e Barbárie.

CAMÕES, L. V. DE. (1997). *Lírica:* redondilhas e sonetos. Rio de Janeiro: Ediouro / São Paulo: Publifolha.

CAPILÉ, A. (2017). *Muimbu*. Juiz de Fora: Macondo.

__________. (2012). *Rapace*. Rio de Janeiro: TextoTerritório.

CARSON, A. (2002). *If not, winter:* Fragments of Sappho. New York: Alfred A. Knopf.

__________. (2016). Variations on the Right to Remain Silent. IN: *Float*. London: Jonathan Cape.

CARVALHO, A. (2015). *Ainda:* em viagem. Belém: edufpa.

COETZEE, J. M. (2002). *A vida dos animais*. Trad. José Rubens Siqueira. São Paulo: Companhia das Letras.

DANZIGER, L. (2016). *Ano novo*. Rio de Janeiro: 7Letras.

__________. (2012). *Todos os nomes da melancolia*. Rio de Janeiro: Apicuri.

__________. (2012). *Três ensaios de fala*. Rio de Janeiro: 7Letras.

__________. (2014). *Um Golem para Caruaru*. 1a. Bienal do Barro, Caruaru.

DERRIDA, J. (2002). *O animal que logo sou*. Trad. Fábio Landa. São Paulo: Unesp.

DIBLASI, I. (2016). *O limite da navalha*. Rio de Janeiro: Garupa.

ENGELS, F.; MARX, K. (2007). *A ideologia alemã*. Trad. Rubens Enderle. São Paulo: Boitempo.

FELIX, N. (2018). *Use o alicate agora*. Juiz de Fora: Edições Macondo.

FERNANDES, P. (2015). *Cálcio*. São Paulo: Hedra.

FLORES, G. G. (2013). *Brasa enganosa*. São Paulo: Patuá.

__________. (2015). *Troiades*. São Paulo: Patuá.

FONSECA, P. J. DA. (1777). *Tratado da versificação portuguesa, dividido em duas partes*. Lisboa, Portugal: Imprensa Régia.

FRANKEL, R. D. (2017). *Sessão*. São Paulo: Luna Parque Edições.

FREIRE, P. (1999). *Educação como prática da liberdade*. Rio de Janeiro: Paz e Terra.

__________. (1996). *Pedagogia da autonomia*. São Paulo: Paz e terra.

FREITAS, A. (2007) *Rilke Shake*. São Paulo: Cosac Naify; Rio de Janeiro: 7Letras.

__________. (2012). *Um útero é do tamanho de um punho.* São Paulo: Cosac Naif.

FREUD, S. (2013). *Totem e tabu:* contribuição à história do movimento psicanalítico e outros textos (1912-1914). São Paulo: Companhia das Letras.

__________. (2013). *Psicologia das massas e análise do eu e outros textos* (1920-1923). São Paulo: Companhia das Letras.

GANDOLFI, L. (2015). *Escala Richter.* Rio de Janeiro: 7Letras.

GARCIA, M. (2017). *Câmera lenta.* São Paulo: Companhia das Letras.

__________. (2018). *Parque das ruínas.* São Paulo: Luna Parque.

__________. (2014). *Um teste de resistores.* Rio de Janeiro: 7Letras.

HOBSBAWM, E. (1995). *A era dos extremos.* Trad. Marcos Santarrita. São Paulo: Companhia das Letras.

HOMERO. (2003). *Ilíada.* Trad. Haroldo de Campos. São Paulo: Arx.

__________. (2012). *Odisseia.* Trad. Trajano Vieira. São Paulo: Editora 34.

HORÁCIO. (2005). Epístola aos Pisões. IN: *A Poética Clássica: Aristóteles, Horácio, Longino.* Trad. Jaime Bruna. São Paulo: Ed. Cultrix.

IORIO, M. I. (2019). *Aos outros só atiro o meu corpo.* Bragança Paulista, São Paulo: editora Urutau.

IVÁNOVA, A. (2017). *O martelo.* Rio de Janeiro: Garupa.

KOSBY, M. F. (2017). *Mugido.* Rio de Janeiro: Garupa.

LAVELLE, P. (2018). *Bye bye Babel.* Rio de Janeiro: 7Letras.

LINS, C. (2017). *O teatro do mundo.* Rio de Janeiro: 7Letras.

LUKÁCS, G. (2015). *A alma e as formas.* Trad. Rainer Patriota. Belo Horizonte: Autêntica.

__________. (2003). *História e Consciência de Classe.* Trad. Rodnei Nascimento. São. Paulo: Martins Fontes.

__________. (2016). *Marx e Engels como historiadores da literatura.* Trad. Nélio Schneider. São Paulo: Boitempo.

MACIEL, M. E. (2008). Zoopoéticas Contemporâneas. *Revista Remate de Males*, UNICAMP, v. 27, p. 197-206.

MAGALHÃES, D. (2018). *Quando o céu cair*. Rio de Janeiro: 7Letras.

MARQUES, A. M.; JORGE, E. (2017). *Como se fosse a casa* (uma correspondência). Belo Horizonte: Relicário Edições.

MARQUES, A. M. (2015). *O livro das semelhanças*. São Paulo: Companhia das Letras.

MATOS, L. (2015). *Três semblantes*. Rio de Janeiro: 7Letras.

MELO, T. DE. (2017). *Íntimo desabrigo*. São Paulo: Dobradura Editorial e Alpharrabio Edições.

MELO NETO, J. C. DE. (1995). *Obra completa*. Rio de Janeiro: Nova Aguilar.

MITRANO, B. (2016). *Não*. São Paulo: Patuá.

MURICY, K. (2009). *Alegorias da Dialética:* Imagem e Pensamento em Walter Benjamin. Rio de Janeiro: Nau Editora.

NEGRÃO, R. (2012). *Vicente viciado*. Belo Horizonte: Rótula.

NOBRE, M. (2013). *Imobilismo em movimento*. Da abertura democrática ao governo Dilma. São Paulo: Companhia das Letras.

OITICICA, H. (1986). *Aspiro ao grande labirinto*. Rio de Janeiro: Rocco, 1986.

__________. (1960). *Conglomerado Newyorkaises*. Rio de Janeiro: Beco do Azougue, 2013.

__________. (1960). *Estudos preparativos para o Grande Núcleo* [atribuído]. 1960. Disponível em: https://legacy-ssl.icnetworks.org/extranet/enciclopedia/ho/index.cfm?fuseaction=documentos&cod=315&tipo=2

PATROCÍNIO, S. (2001). *Reino dos bichos e dos animais é o meu nome*. Rio de Janeiro: Azougue Editorial.

PEDROSA, M. (1981). Arte ambiental, arte pós-moderna, Hélio Oiticica. IN: AMARAL, A. (ORG.). *Dos murais de Portinari aos espaços de Brasília*. São Paulo: Perspectiva.

PEQUENO, T. (2014). *Aceno*. Rio de Janeiro: Oficina Raquel.

__________. (2019). *Onde estão as bombas.* Juiz de Fora: Macondo.

PEREIRA, E. DE A. (2017a). *E.* São Paulo: Patuá.

__________. (2017b). *Qvasi: segundo caderno.* São Paulo: Editora 34.

PERET, F. (2018). *Uma mulher.* Belo Horizonte: Guayabo Edições.

PESSOA, R. I. (2018). *Mulher sob a influência de um algoritmo.* Recife: Cepe Editora.

PIMENTA, H. (2015). *A serpentina nunca se desenrola até o fim.* Rio de Janeiro: 7Letras.

__________. (2010). *Sopro sopro.* São Paulo: Edições Maloqueiristas.

__________. (2015). Dois dias antes da conferência. IN: *modo de usar & co.,* mar. 2015. Disponível em: http://revistamododeusar.blogspot.com/2015/03/poema-inedito-de-heyk-pimenta.html. Acesso em: 10 de mar. de 2021.

PINTO, A. L. (2016). *Mas valia.* Rio de Janeiro: Editora 7Letras.

PLATÃO. (1973). Crátilo. Trad. Carlos Alberto Nunes. IN: *Diálogos IX.* Belém: EDUFPA.

__________. (2011). *O banquete.* Trad. Carlos Alberto Nunes. Belém: EDUFPA.

POUND, E. (2006). *O ABC da literatura.* São Paulo: Cultrix.

PRATES, L. (2018). *Um corpo negro.* São Paulo: Nosostros Editorial.

PUCHEU, A. (2013). *Mais cotidiano que o cotidiano.* Rio de Janeiro: Azougue Editorial.

__________. (2017). *Para que poetas em tempos de terrorismo?* Rio de Janeiro: Azougue Editorial

QUINTANA, M. (2009). *Nova Antologia Poética.* São Paulo.

RANCIÈRE. J. (2005). *A partilha do sensível.* Trad. Mônica Costa Netto. São Paulo: EXO experimental org.; Editora 34.

__________. (1996). *O desentendimento.* Trad. Ângela. Leite Lopes. São Paulo, Editora 34.

__________. (2012). *O espectador emancipado*. Trad. Ivone C. Benedetti. São Paulo, Martins Fontes.

RÊGO, J. L. (2016). *Carcaça*. Rio de Janeiro: 7Letras.

RILKE, R. M. (2012). *Poemas*. Trad. José Paulo Paes. São Paulo: Companhia das Letras.

RIPA, C. (1709). *Iconologia*. Or Moral Emblems. Londres: Benjamin Motte. [Digitalizado por University of Illinois Urbana-Champaign em 2009]

SALOMÃO, W. (2003). *Hélio Oiticica:* qual é o parangolé? Rio de Janeiro: Rocco.

SANT'ANNA, A. (2017). *Ao pé do ouvido*. São Paulo: Companhia das Letras.

SANTIAGO, S. (1978). Os Abutres. IN: *Uma Literatura nos Trópicos*. São. Paulo: Perspectiva.

SANTOS, M. (1986). *Por uma geografia nova:* da crítica da geografia a uma geografia crítica. São Paulo: Hucitec.

SARTRE, J. P. (1949). *Baudelaire*. Trad. Aurora Bernárdez. Buenos Aires: Editorial Losada.

SCHLEGEL, F. (1994). *Conversa sobre poesia e outros fragmentos*. Tradução, prefácio e notas de Victor-Pierre Stirnimann. São Paulo: Iluminuras.

SCHWARZ, R. (1978). Cultura e Política, 1964-1969. IN: *O pai de família e outros estudos*. Rio de Janeiro. Paz e Terra.

WEINTRAUB, F. (2015). *Treme ainda*. São Paulo: Editora 34.

ZACCA, R. (2018). *A estreita artéria das coisas*. Rio de Janeiro: Garupa.

ZACHARIAS, A. C. V. (2020). *Stella do Patrocínio: da internação involuntária à poesia brasileira*. Dissertação de mestrado em Teoria e História Literária. Instituto de Estudos da Linguagem da Unicamp.

NOTA DE AGRADECIMENTO

Há alguma dose de coautoria nos textos que integram *Formas nômades*. Todas as imprecisões se devem somente a mim, mas algumas boas ideias, métodos e referências que se apresentam nos textos se devem aos nomes que se seguem, e a quem me sinto imensamente grato.

Vulgarização da poesia

Foi devido à convivência com os membros da Oficina Experimental de Poesia entre os anos de 2013 e 2018 que as ideias veiculadas nesse texto puderam nascer.

Stella do Patrocínio e Aristóteles

Agradeço aos interlocutores com quem travei discussões sobre Stella do Patrocínio na oficina *Poesia e animalidade*: Alzira Maia, Ana Andreiolo, Ana Drawin, Anna Violeta, Antonio Lazulli, Ayla Tavares, Bruna Xavier Martins, Cecília Donateli, Clarissa Comin, Daniel Grimoni, Douglas Santana, Erica Zingano, Evandro Ramos, Felipe Leal, Fernanda Tatagiba, Gabriel Gonzalez, Helena Elias, Julya Vasconcelos, Leo Nunes, Leticia Haller, Louise Furtado, Luisa Caron, Marcelo Castro, Mariana Hass, Mariana Rocha, Rodrigo Moreti, Sinval Hortelan, Stella Paterniani, Thamires Maciel, Thiago Ferreira. Também agradeço à poeta Natasha Felix, que me apresentou ao trabalho de Anna Carolina Vicentini Zacharias.

O nome, o corpo, o poema

Agradeço aos alunos que leram comigo o poema "Virilha", de Maria Isabel Iorio, muito entusiasmados, em uma aula na COART/UERJ, no segundo semestre de 2018. Muitas das ideias articuladas nesse ensaio foram construídas com eles. São: Ana Luiza Rigueto, Antônio Lazzuli, Camila Santos, Catarina Bussinger, Clara Machado, Daniel Grimoni, Giulia Benincasa, Maíra Matos, Maurício de Castro, Michelle Costa, Vinicius Fialho.

São agradecimentos específicos. Entre eles, devem ser incluídos aqueles com quem aprendi alguma coisa sobre o ofício e a arte da crítica, e ainda aqueles com quem dividi conversas sobre a elaboração deste livro. Agradeço a Ana Luiza Rigueto, Gustavo Silveira Ribeiro, Heyk Pimenta, Izabela Pucu, Jessica Di Chiara, Leonardo Gandolfi, Lucas van Hombeeck, Luciana Di Leoni, Marcelo Reis de Mello, Patrícia Lavelle, Patrick Pessoa e Pedro Duarte. Também a Debora Ribeiro, Juliana Palermo, Tiago Fabris Rendelli, Victor Prado e Wladimir Vaz, bem como a toda a equipe da editora Urutau e do selo Margem da Palavra. Gostaria de incluir ainda os alunos e alunas que não nomeei, meus amigos e amigas de toda a vida e minha família.

RAFAEL ZACCA

(1987) é poeta e crítico. Professor no Departamento de Filosofia da PUC-Rio. Publicou *O menor amor do mundo* (7Letras) e *A estreita artéria das coisas* (editora Garupa). Também é co-autor do livro de oficinas *Almanaque rebolado* (várias editoras). Colabora com o jornal *Rascunho* e com a revista *Pessoa*. Defendeu, em 2019, na PUC-Rio, a tese de doutorado "As flores da poesia na terra do saber: uma teoria do poema em Walter Benjamin".